Ivica Prtenjača
Der Berg

IVICA PRTENJAČA

DER BERG

ROMAN

Aus dem Kroatischen von Klaus Detlef Olof

TransferBibliothek
FolioVerlag

*In jenen Tagen wandte ich mich den Menschen zu
Und sah dunkle sandige Wege, ich kann es jetzt noch nicht glauben.*

Stjepan Gulin

Die Fliege landet auf Jesu Haarlocke, dann wechselt sie unvermittelt auf das Hajduk-Poster, wo sie den Oberschenkel eines Spielers hinaufläuft, dessen Blick in die Zukunft gerichtet ist. Dann fliegt sie auf und stürzt sich mehrmals verwegen gegen die geschlossene Fensterscheibe, auf der Suche nach einem Ausgang aus diesem Zimmer, in dem ich stehe und darauf warte, dass der Mann, den ich aus seinem Nachmittagsschlaf geholt habe, die Nummer meines Ausweises, meinen Vor- und Nachnamen und meine Handynummer notiert. Das ist Vorschrift, erklärt er mir, während er im Wandschrank, dessen Tür sich widerspenstig im Rosenkranz verhakt, den Schlüssel zur Karaule, zur Bergwarte sucht. Er sagt, dass mich das erste Mal einer von seinen Leuten hinaufbegleiten werde, aber erst gegen Abend, wenn die Sonne tiefer steht und sich jemand frei machen kann.

Das ist alles, nach dieser vorübergehenden Entlassung stehe ich wieder auf der Straße, es sind die ersten Junitage, wenn der Asphalt zu schmelzen beginnt und einem die drückende Schwüle wie eine Warnung gegen den Kopf schlägt. Ich sehe mich nach etwas Schatten um und beschließe, gleich neben den Räumen der Freiwilligen Feuerwehr Javorna zu bleiben, die ich gerade verlassen habe, ganz erfüllt von der Freiheit, die ich in diesem Moment fühle, hier in diesem kleinen Flecken, diesem Schmelzpunkt mehrerer Welten und zu einem einzigen Nachmittag verdichteter Jahrhunderte.

Ich habe keine Fragen gestellt, ich habe gerade noch meinen Namen stottern können, es kommt, wie es kommen soll, denke ich. Ich weiß nicht, wohin mit dem tödlichen Schweigen, mit dem Verstummen, zu dem sich meine Menschenverachtung und Weltmüdigkeit quälend ausgewachsen haben. Ich kann nicht mehr unter den Menschen sein, ich habe das Gefühl, als rissen sie mir das Fleisch von den Knochen, als fräßen sie mich mit ihrem unaufhörlichen Reden und Fragen. Sie belagern mich, sie verlangen etwas, was ihnen nicht zusteht und was ich ihnen nicht geben kann. In ihren schwächlichen Körpern sind sie durch die Bank großartige Künstler, Autoren, wichtige Journalisten, prägende politische Persönlichkeiten und irisierende Verführer der Unterhaltungsbranche. Alle haben sie für sich das Geheimnis des Lebens, des Glücks und des Erfolgs entdeckt. Wozu brauchen sie da mich? Wozu brauchen sie überhaupt all diese Auftritte und diese mühsam getippten Bücher, die sie mir auf den Tisch legen, damit ich ihnen eine Karriere verschaffe, damit ich sie ins Fernsehen bringe, vor die Kamera, die ihretwegen vor Langeweile stirbt. Wem außer sich selbst sind sie vonnöten, wenn sie mir den Auftrag für Kanapees und Gestecke für ihre Buchpräsentation oder ihre Vernissage erteilen? Diese aufdringlich lächelnde Liebenswürdigkeit, mit der sie an mich herantreten, ist mir unerträglich geworden.

An der Riva trocknen ausgespannte Netze, die, ein unglaubliches Bild, von einem alten Mann und einem Jungen geflickt werden. Aus der Konditorei, in deren Hauswand ein großer Kühlschrank eingelassen ist, dröhnt ein kranker elektronischer Rhythmus, und in der Tür steht in weißem Hemd ein streng blickender Mann mit dunklem Teint, der mit der gleichen Aufmerksamkeit die Vorübergehenden mustert, mit der er die zwei jungen Leute, ebenfalls in weißen Hemden, beobachtet, die die Tische abwischen und die Blumen auf der Terrasse gießen. Auf den Betonringen um die Palmen herum sitzt der eine oder andere Rucksacktourist, da ist auch einer mit einem Fahrradhelm auf dem Kopf, der auf den geschlossenen Knien ein iPad hält und schreibt. Er ist ganz in sein Tun vertieft, und der Bildschirm verdeckt seinen halben Oberkörper, zu sehen sind nur seine Arme von den Ellbogen an abwärts und etwas von seinen Füßen in den robusten Turnschuhen.

Im nahen Laden erstehe ich zwei Dosen Bier, ein halbes Brot, 200 Gramm Mortadella, zwei Tomaten und eine Streudose Salz, während ich warte, werde ich zu Mittag essen. Das Salz werde ich da oben sowieso brauchen, vermutlich wird mir jemand sagen, wie ich da oben das mit den Lebensmitteln machen soll, mit dem Wasser, es wird wohl eine Lösung geben.

Von hier, von der Riva aus, ist die Karaule nicht zu sehen, gibt es sie überhaupt und auf welcher Seite der Insel befindet sie sich, was ich die nächsten drei Monate sehen werde, ist für mich noch immer ein Geheimnis, zumindest die nächsten paar Stunden, bis sich jemand von den hiesigen Feuerwehrleuten, so ist mir gesagt worden, frei machen kann.

Mit dem Messer, mit dem ich, als ich noch auf Urlaub fuhr, Tintenfische gejagt habe und das mich auf diesem Ausflug ins Ungewisse unbedingt begleiten muss, schneide ich das Brot auf meinen Knien in zwei Hälften und belege sie mit Mortadella, deren scharfer Geruch den der Palme überdeckt. Auf dem fettigen Papier viertle ich die Tomaten, salze sie ausgiebig und bereue es im selben Moment: Was erwartet mich auf dem Weg zur Karaule, gibt es da oben überhaupt Wasser, und werde ich bereits in der ersten Nacht wegen dem Salz Probleme bekommen?

Ist dieses Salz nur die Angst vor der Einsamkeit, die ich mir so sehr gewünscht habe? Die Angst vor den Nächten in der Wildnis, vor dem vergessenen Rascheln und Flirren, dem nächtlichen Flattern und Huschen, den Geräuschen des Sterbens und Gebärens weitab von den Menschen und ihren Versuchen der Selbstbefreiung in dem kleinen Ort am Meer, den ich, wenn alles so läuft wie geplant, in diesem Sommer vor Feuersbrünsten bewahren werde.

Ein Bier an einem so heißen Nachmittag hat nichts zu besagen, auf die Schnelle noch ein zweites zu trinken bedeutet, die Schweigsamkeit abzulegen, die ich die letzten zwei Jahre gepflegt und an mir geschätzt habe, bedeutet, mit dem jungen Mann zu reden, der mich den schmalen Trampelpfad hinunter ans andere Ende des Orts führt und mir das Kloster zeigt, das im Sommer von zahlreichen Priestern zwecks Erneuerung aufgesucht wird, wie er sagt.

Meint er geistige Erneuerung? Ja, das meint er, es kommen auch Fremde, sie sprechen die Sprache nicht, aber sie stehen da und beten, und danach gibt es genug zu tun an der Riva, in den Cafés. Er ist Kellner, sein Vater ist Diabetiker, er hat eine ältere Schwester, die nie geheiratet, aber einen Freund hat, sie haben sogar denselben Nachnamen, aber weißt du, verwandt sind sie nicht.

Hinter dem Kloster, hinter dem Friedhof, hinter einem Olivenhain, hat die Freiwillige Feuerwehr ihre Garage, in der ein auf Hochglanz polierter alter MAN steht, viel Gerätschaft, Feuerlöschgeräte und Handfeuerlöscher zum Pumpen, unmittelbar vor der Garage liegt ein großer Haufen Sand, fast schon ein Hügel, und dahinter stehen die Karosserien zweier Land Rover, ohne Räder, ohne Türen, mit zerschlagenen Scheiben, aber ungewöhnlich sauber. Auf einem sehe ich ein Messingschild, in das mit Großbuchstaben eingraviert ist: JAVORNA – VELEBIT 1992 112. BATAILLON

– Ist das Kriegsbeute? – frage ich ihn.

– Ach wo, mein Vater hat sie angeschleppt, es tat ihm leid, sie da oben verrosten zu lassen. Ich meine, auf dem Velebit. Aber wie die Autos zu Schrott wurden und was mit ihnen passiert ist, weiß ich nicht, angeblich sind unsere Leute damit gefahren, als sie dort waren, aber die einen sagen, sie sind damit gefahren, die anderen sagen, sie sind nicht damit gefahren, mein Vater sagt, sie sind, mein Onkel sagt, sie sind nicht. Wer soll das jetzt wissen, das ist ja schon ewig lange her, sie stehen hier, die Touristen knipsen sich manchmal vor ihnen. Siehst du, hier fehlen Teile, eines Nachts hat jemand die komplette Kardanwelle abmontiert und mitgenommen, vielleicht für eine *freza*, wer weiß.

Einem Schränkchen hat Dino eine grüne Tasche entnommen, in der sich Funkgeräte befinden.

– Jemand hat schon wieder die Batterien abgezweigt, das waren bestimmt die, die auf Schweine gehen, soll sie der Teufel holen, jetzt muss ich weder zurück in den Ort, ohne die kannst du da nicht rauf. Aber lass deine Sachen hier, du wirst ja sowieso hier übernachten, dann können wir sie dir morgen in Ruhe einpacken. Gehen wir jetzt zurück.

– Ich würde gern gleich hierbleiben, bring die Batterien morgen mit, wenn es nur das ist.

– Was willst du hier allein, mein Gott?

– Ach, ich werde ja drei Monate allein sein, da kommt es auf einen Tag mehr oder weniger nicht an.

– Du hast recht, du bist verrückt. Das sieht man.

– Warte, Dino, was für Schweine?

– Wildschweine, die Insel ist voll davon.

Hinter der Garage ist ein niedriger Raum mit mehreren Liegen, einer Duschkabine und einem hübschen antiken Transistorradio, das ich nicht vorhabe einzuschalten, mit einem Haufen alter Zeitungen, die ich nicht anrühren werde, und einem großen, dick verkorkten Glasbehälter. In ihm schimmert im spätnachmittäglichen Licht eine honigfarbene Flüssigkeit, in die jemand mehrere Zweige gesteckt hat. Ich ziehe den Korken heraus, es riecht nach Kräutern und Feigen, ich will nicht probieren.

Massenquartiere sind ein trauriger Anblick, sie haben immer mit Krieg zu tun, mit Nachtalarm, Unruhe, Albtraum und dem Gefühl des Fremdseins. Hotelzimmer machen auf eigene Weise Angst, zumeist durch das Fehlen von Menschlichem, genauer, durch das Imitieren von Wohnlichkeit. Wie oft habe ich auf die Bilder in den Hotelzimmern gestarrt, irgendwelche Aquarelle oder Tempera, und mich gefragt, wer diese lausigen Kulissen braucht, wen wärmen, wen bewahren sie vor der Leere, die sich einstellt, wenn die Tür des Hotelzimmers zufällt und wie eine Trauerbotschaft ins Herz schneidet. Dieser Schlafraum erinnert mich an meine beiden Kasernen und an das einzige Hostel, in dem ich je übernachtet habe, nachdem sich mir auf der Straße eines Städtchens auf dem flachen Land, in schlechtem Englisch, zwei Prostituierte aus einem der volksdemokratischen Länder des Ostens angeboten hatten.

Ich war erschrocken und angeekelt und habe sie davongejagt. Sie spuckten mir nach.

Dieser lang gestreckte niedrige Raum ist ordentlich und sauber, der Betonboden ist gefegt, die Wände sind geweißt, die Feuchtigkeit hat ihnen etwas zugesetzt, in der Deckenmitte hängt eine einzige Glühbirne, die Betten stehen aufgereiht, ohne Bettzeug, aber mit hochgestellten Matratzen, die wegen der nächtlichen Feuchtigkeit zu Sommeranfang trocknen und lüften sollen und wie ragende Grabmäler dastehen, zwischen denen ich einschlafen und aufwachen werde.

Ich will nichts tun, nichts anrühren, ich will in meinem schlaffen Kokon bleiben, unberührt, reglos. Gleichzeitig möchte ich mir das schwere Hemd der Trägheit und des schleichenden Verfalls vom Leib reißen. Ich will mich verändern, mich bewegen, und deshalb lege ich die Matratze auf das Bett am Fenster, schalte das Radio ein, finde das Dritte Programm, lege mich auf mein flaches Lager und blättere in den alten Zeitungen, manche von vor zwei Jahren. Mit der Zeit stirbt in den Zeitungen alles, Nachrichten hören auf Nachrichten zu sein, wer geheiratet hat, lässt sich mittlerweile scheiden, die Automodelle werden längst als Gebrauchtwagen gehandelt, Wirtschaftsthemen wandern in den Chronikteil, und all das Gedruckte ist keine Minute Aufmerksamkeit oder jemandes Leben wert. Außer den Todesanzeigen.

Sie enthalten in ihrer unglaublichen Form, in wenigen Worten, in einem Bild und der Liste der Trauernden, alles zugleich: Liebe, Leben und Tod.

Da steht, dass nach kurzer schwerer Krankheit ein diplomierter Ökonom gestorben ist und Buba, Bobo, Ogi, Grozda und Stanislav um ihn trauern. Aber mehr als um alles andere tut es mir leid um die ganz alten Menschen aus den Dörfern, um die, die sich im ganzen Leben nur einmal für den Ausweis haben fotografieren lassen, wo sie dann ganz ernst dastehen wie die Indianer, voller Angst um das Stückchen Seele, das ihnen dieses Abkonterfeien rauben wird. In ihren Trachten, unter den Kopftüchern, unter den altertümlichen Kappen, begleiten mich diese Gesichter in meine dreimonatige unbekannte Ewigkeit.

Denn die Ewigkeit ist nach ihrem ureigenen grundlegenden Merkmal eine unbekannte.

Ich finde ein Glas, schenke mir von dem Schnaps mit den geheimnisvollen Kräutern ein und warte auf den Morgen, warte auf jemanden, der kommen und mir sagen wird, dass das, was ich hier tue, einen Sinn hat, aber ich höre nur die Käfer und Mäuse, wie sie über den Sandhaufen laufen, der unter ihren Beinchen nachgibt und rieselt, wie sich meine nächtlichen Nachbarn gegenseitig auffressen und wie irgendwo ein Esel schreit, wie dieses starke Geräusch von der Erde widerhallt und den Berg hinaufsteigt, den ich morgen erklimmen werde und von dem ich, das hoffe ich zumindest, nackt und frei herabsteigen werde, ohne dieses schwere schale Schweigen, das mir die Glieder abschnürt und das Denken lähmt.

* * *

Die Buchhandlung, in der ich gearbeitet habe, existiert nicht mehr, sie wurde geschlossen, nicht lange, nachdem ich in das großes Verlagshaus gewechselt war und danach ins Museum für moderne Kunst. In ihre Räume zog, nachdem die Bücher ausgezogen waren, das *Institut für ein besseres Leben* ein, ein kleines Unternehmen für Blendwerk und Prophetie, das sich aber auch nicht lange halten konnte, die ganze Straße, in der sich meine Buchhandlung befunden hatte, starb allmählich dahin, und so verzog sich auch das Institut ins Internet und spukt jetzt in Privatwohnungen herum, wo es unmittelbaren Zugang zum Kern des besseren Lebens hat – weiterhin ungreifbar, aber hochwillkommen. Nicht existent, aber real. Impulse sind teuer, Séancen noch teurer, das bessere Leben hingegen ist billig, ein echtes Massenphänomen, das sich bereits wenige Sekunden nach Herstellung der Verbindung einstellt.

Ich verkaufte keine Bücher mehr, jetzt leitete ich dank meiner relativen Schreibfertigkeit die Abteilung für Öffentlichkeitsarbeit, ich war ihr einziger Vertreter, sodass ich ein Gutteil meiner Arbeitszeit damit verbrachte, Einladungen zu kuvertieren und Etiketten mit den Namen der Einzuladenden zu drucken. Davon gab es genug. Weil es sich dabei um eine für jemanden wie mich völlig ungeeignete Tätigkeit handelte, kam es regelmäßig vor, dass auch ein prominenter Verstorbener eine Einladung bekam, nicht hingegen die engere Verwandtschaft des Autors oder Künstlers, zu dessen Buchpräsentation oder Vernissage ich einlud. Das ergab durchaus Sinn, denn die meisten Menschen, die anfangs schüchtern unseren Verlagskorridor betraten, um uns ihre Manuskripte zu bringen, verloren später, vor allem wenn ihr Buch erschienen war, alle Schüchternheit und beanspruchten wie selbstverständlich ihren Teil der Ewigkeit. Ein eigenes veröffentlichtes Buch war der Imperativ, der die schwere Tür der Selbsterkenntnis aufsperrte und der eigenen Existenz das verdiente und ihr zukommende Ausrufezeichen hinzusetzte. Und warum sollte man zu einer solchen Präsentation nicht auch einen unserer würdigen Toten einladen, damit er ihnen aus seiner Ewigkeit heraus zittrig die Ehre erwies!

Im Museum war es im Wesentlichen das Gleiche, nur dass die Korridore breiter waren und die Kälte beim Anblick des Museumsgebäudes stärker, bedrohlicher wirkte. All diese Maler, Videokünstler, Konzeptualisten, Fotografen, diese ganze hoffnungsfrohe Welt, die keine Sprachgrenzen kennt, da sie ihre Werke gleich auf Englisch betitelt, alle diese Wichtigtuer, die kaum mehr kennen als ihren schmalbrüstigen poetischen Faden, der allzu oft bei dem Versuch verloren geht, eine starke Metapher zu kreieren, und dann wieder auftaucht, aufblitzt, aufzittert im Versuch einer autobiografischen Kontemplation, um dann ein weiteres Mal zu erlöschen und aufzuflammen, all die Schulterklopfer, die mit den Kustoden über Formate, über Ausleuchtung, Montage und Videoprojektion sprechen und sich generell nicht zurechtfinden ohne einen Input dieser oder jener Art, dieser ganze Kitsch der mediokren Verdummung der Welt in diesem Teil Europas ergoss sich genau in meinen Hof, genauer, auf meinen Arbeitstisch.

Neben den amikal entspannten Buchpräsentationen und Vernissagen war alles andere nur Qual und Vergeblichkeit, die aus mir das eine Mal einen Trinker machten, das andere Mal einen depressiven Spaziergänger, in jedem Fall einen Unglücklichen, der dem Ganzen kein Vergnügen abgewinnen konnte, wie es ein anderer an seiner Stelle wohl gekonnt hätte: ein bisschen arbeiten, ein bisschen reisen, dann zuvorkommend und tendenziös mit ausgesuchten Köpfen auf Ausstellungen und Präsentationen plaudern, dann wieder reisen, seine Arbeit einer Praktikantin übertragen, Direktor werden, und so weiter.

Jedenfalls habe ich auch diese Art Ausstellungen eröffnet. Es gab einen Schlüssel zum Erfolg: immer gut angezogen kommen, in einem Anzug, wegen dem man weder mit dem eigenen Konterfei im Spiegel noch mit seiner Bequemlichkeit in Konflikt gerät; sich wenigstens eine halbe Stunde vor Ausstellungseröffnung unter die Leute mischen, aber allein bleiben, den ersten Satz finden und mit ihm das Publikum, das auf die schlimmsten Formen der Langeweile gefasst ist, auf eine Berg- und Talfahrt amüsanter Gefälligkeiten und charmanter Belanglosigkeiten mitnehmen, mitunter auch eine steile Talfahrt hinab, wie sie die Achterbahnen in den Vergnügungsparks der ganzen Welt hinunterjagen, die sich ebenfalls langweilt.

In Erinnerung sind mir nur wenige Begegnungen mit nur wenigen Menschen geblieben.

Ich erinnere mich, wie ich zum ersten Mal die Mikrofone stehen ließ, um mir ein Glas Wein zu holen und mich von den Leuten zu entfernen, wie ich mich hinter dem Rücken viel größerer und breiterer Menschen, als ich es war, versteckte, wie ich in dem Gewimmel und Geschwalle, das nach einer solchen Vernissage immer aufbrandet, mein Recht auf ein wenig Alleinsein einforderte. Alles war völlig übertrieben, die ganze Abscheulichkeit, die Gestecke mit den bunten Blumen, die nach den Chemieplantagen des europäischen Nordens rochen, die Fotografen, die vor unserem Tisch auf dem Boden kauerten und mit ihren abgegriffenen Apparaten wie wahnsinnig Fotos schossen, nervös, unterbezahlt und getrieben von Scheidung und Unterhaltszahlungen. Die Verwandtschaft in den ersten Reihen erwartungsfroh. Die Freunde in den hinteren Reihen leicht verschämt, anonym.

Ich hielt mich fern von denen, die eine Ausstellung haben wollten und dafür einen Rat suchten.

Von denen, die eine hatten und ein Publikum suchten.

Von denen, die nur jemanden zum Reden suchten.

Von denen, die den Satz begannen mit: Sie erinnern sich vielleicht nicht mehr an mich, aber …

Von den Trinkern, die um zu essen und zu trinken zur Präsentation kamen, und sich dabei gegenseitig mit den Ellbogen wegdrängten.

Von denen, die mit den Achseln zuckten, und von denen, die übertrieben klatschten.

Von denen, die sagten, sie seien nur zufällig gekommen, sie seien auf der Durchreise.

Von denen, die nicht gehen wollten, selbst wenn alles schon vorbei war.

Im Grunde blieb mir nur der Kellner, sein Blick und seine Hand mit dem kalten Jameson, herübergereicht über die ganze hochfahrende Sinnlosigkeit hinweg.

* * *

Aus der Wohnung, in der ich gut fünf Jahre verbracht hatte, aus dem Nirgendwo Neu-Zagrebs, war ich in eine Einzimmerwohnung in der Draškovićeva gezogen, gegenüber dem Unfallkrankenhaus, im zweiten Stock. Die Wohnung war abgewohnt und nicht funktionell, so wie fast alle Wohnungen in diesen alten Häusern im Zentrum. Es liegt allerdings ein gewisser Charme in der Dicke der Wände und der Zugluft durch die Fenster. Als ich einzog, konnte ich nicht ahnen, dass diese Wände all die langen und inhaltsleeren und doch irgendwie angenehmen Gespräche gründlich und vollständig aufsaugen würden, die ich mit Katarina, meiner mittlerweile Ex-Frau, einer Anwältin in der Kanzlei Nedoklan und Drakulić, führte. Aber diese Zugluft sollte an einem einzigen Nachmittag auch jenes kleine Quäntchen Sinn und gemeinsames Bedürfnis davonwehen, das uns drei Jahre hindurch einander nahegebracht und uns zu Eheleuten gemacht hatte, die sich nie, aber auch wirklich nie wegen irgendetwas stritten, die sich in diesen drei Jahren nie, wirklich nie ganz nahe gefühlt hatten, auch nicht in jenem Aufblitzen der Jugend, das dem Halbdunkel der Lebensmitte vorangeht, dem Abgrund der Vierziger, der retroversen Gravitation, in der die Dinge wie von selbst verständlich zu werden beginnen. Wenn, ohne dass der Mensch allzu viele Fragen stellt, alles klar wird, diese Klarheit aber das Gesicht des Todes hat, den Geruch einer Brandstätte.

Katarinas Name wurde bald der dritte auf dem Messingschild in der Berislavićeva 11, dort war schön zu lesen: Anwaltskanzlei Nedoklan, Drakulić und Mazur-Nedoklan, und ich ging, als hätte mich jemand von Maulkorb und Leine befreit, mit federndem Schritt die volle Länge der Draškovićeva hinunter, mit lockeren Schultern und schlenkernden Armen, wie ein Mensch geht, der gerade allen Ballast abgeworfen hat und jetzt die Kraft erprobt, die ihn noch immer vorwärtstreibt. Dieses Mal in Richtung Unfallkrankenhaus.

* * *

Es ist Tag geworden, und jetzt sehe ich klarer, wo ich bin, ich bin einige Male die Garage abgeschritten, bin den Pfad hinaufgestiegen, der sich durch den Olivenhain zu der kleinen Anhöhe schlängelt, von wo aus sich die Nordhälfte von Javorna einsehen lässt, die Riva, wie sie sich windet und plötzlich endet, der kleine Hafen mit den Booten, der Kombi, der die Zeitungen zum einzigen Kiosk des Ortes bringt, der einheimische Fischer, der vor dem Laden, unter einer der Palmen, seinen nächtlichen Fang ausstellt. Zwei weiße Styroporkisten, die aus dieser Entfernung leer zu sein scheinen. Ich gehe wieder hinunter und setze mich vor die Garage, ich bin bereit, gewaschen, habe gepackt, bin ein bisschen gespannt, ich sehe, wie am Rande des Sandhaufens eine Panzerschleiche kriecht, sie ist fast schwarz, dick, länger als einen Meter, mit ihrem plumpen Kopf schiebt sie die Steinchen vor sich auseinander und kriecht langsam ins Gebüsch. Ich fühle mich unwohl, ich werfe einen Stein nach ihr, als ich Stimmen höre, die von gegenüber der Garage kommen, vom Feld. Zwei männliche Stimmen und ein Trappeln, ein Schnauben. Ich richte mich auf, und vor mir stehen Dino und ein älterer Mann, der einen beladenen hellgrauen und ungewöhnlich großen Esel führt, dessen Last in eine Zeltplane gewickelt und dessen Schwanz mit einem kurzen Strick fixiert ist.

– Guten Morgen, hast du dich ausschlafen können hier in unserem gottverlassenen Nest, ich bin Stanko, und das hier ist für dich die nächsten drei Monate das wichtigste Geschöpf auf Erden, ein Esel mit großem E.

Ich strecke die Hand aus und verliere mich in dem großen dunkelgrauen Auge, das mich ruhig und unverwandt ansieht. Stanko schenke ich nur einen flüchtigen Blick, er ist ein Mann in den Siebzigern, vital und behände, die Hand, die er mir entgegenstreckt, ist kräftig und fest, die Hand eines Mannes, der kein Zögern kennt. Er ist der Sekretär der Freiwilligen Feuerwehr, und ihm ist die Aufgabe zugefallen, mich für meinen Aufenthalt in der Karaule auszurüsten. Gestern hatte es Dino in guter Absicht ein wenig eilig mit mir, heute Morgen haben er und Stanko sich erinnert, wohin ich eigentlich will und warum. Sie haben diesen Esel fast unmenschlich beladen, seinen Schwanz haben sie festgebunden, damit er sich während des Aufstiegs nicht im Gestrüpp verheddert und, wie mir Dino sagt, niemandem ins Gesicht wischt, an einigen Stellen ist der Pfad auf meinen Gipfel schmal und steil, man muss sich festhalten und gut aufpassen.

– So – beginnt Stanko – hier auf dem Esel ist Verpflegung, ein bisschen Werkzeug und ein Solarmodul, damit du Strom hast fürs Handy und den Computer …

– Ich habe keinen Computer.

– Gut, jedenfalls hast du hier das Modul und den Akku, die werden wir montieren, wenn wir oben sind, die Karaule ist sauber, wir waren vor ein paar Wochen oben, die Zisterne ist gefüllt, das Wichtigste hast du. Und was alles andere betrifft, findest du dich entweder selbst zurecht oder rufst uns an, und wir machen alles fertig, und du kommst runter und holst es.

– Klar, es ist ja nicht so weit.

– Nein, anderthalb Stunden Fußmarsch.

Dino verstaut das Funkgerät in einer Tasche, ich verspüre eine leichte Nervosität im Bauch, ein Ziehen in den Muskeln.

– Gehen wir – sagt Stanko und bugsiert den Esel um.

Dino und ich folgen ihnen, wir schweigen, ich atme bereits schwer, in mir wirbeln meine ganze Depression und Erstarrung auf, meine ganze Trägheit, meine letzten Jahre, die ich bei der Arbeit oder in den Kaffeehäusern sitzend zugebracht habe. Etwas von diesem schrecklichen Mitgepäck drängt aus meiner Kehle, aus meinem Mund, in das Gestrüpp und unter die Zikaden, will ein für alle Mal aus mir heraus. Meine Beine tun mir weh, mein Rücken tut mir weh, aber mehr als alles andere drückt und würgt mich dieser Krampf, dieser Knoten in meiner Brust, der erst gelöst werden muss. Ich gehe auch zum Durchatmen auf diesen Berg. Ein Mensch voller Menschenverachtung atmet in der Regel flach. Ich bin gekommen, um das zu ändern.

Nach wenigen hundert Metern leichten, für mich dennoch mühsamen Aufstiegs bleiben wir bei einem einsamen Haus stehen, Stanko ruft vom Hof aus hinein, und schon steht ein kräftiger bärtiger Mann mit einer Flasche selbstgemachtem Kräuterschnaps und einem Stapel Plastikbecher in der Tür, er kommt näher und sagt langsam, sehr langsam:

– Stane, wir wollen doch einen Schnaps vor dem Aufstieg trinken, nicht wahr?

Wir trinken ihn und verabschieden uns, der Bärtige ist Stankos Neffe, unverheiratet, an der Schwelle zum Fünfziger, ein halber Eremit, dem es sogar in einem so kleinen Ort wie Javorna gelungen ist, zurückgezogen und fast unsichtbar zu leben. Zumindest die letzten paar Jahre. Seit er sich das Nachtsichtgerät für seinen Karabiner angeschafft hat, schläft er nachts selten, er geht auf die Jagd, nimmt Maiskolben, lockt damit die Wildschweine an, schießt sie. Tagsüber schläft er natürlich und ruht sich aus, die Wildschweinjagd in diesem Gelände ist anstrengend, und die Ausbeute ist groß, manchmal sogar zwei Tiere pro Nacht. Stanko spricht, während wir gehen, über seinen Neffen voller Liebe und in einer Art Verzweiflung, die man bei Männern in reiferen Jahren antrifft, in denen die Lebenssäfte noch immer strömen und die sich noch keiner Krankheit und Altersschwäche hinzugeben gedenken. Diese Verzweiflung schneidet in den Morgen, obwohl sie nur in zwei Wörter gepresst geflüstert wird: keine Frau.

Wir setzen unseren Weg fort, hin und wieder drehe ich mich um, um noch einen Blick auf Tomos Haus zu werfen, ein mächtiger Steinbau in einem weitläufigen Olivenhain. Im Hof, neben einem schwarzen Lada Niva, albert Tomo mit seinen zwei Hunden herum. Der kleinere, der schwarze, rennt dem weit geworfenen Fell eines Keilers hinterher, während der größere, der weiße, nur dasteht, jault und kläfft, überströmend von hündischer Liebe und

Ergebenheit. Schließlich hebt Tomo ihn zu sich herauf, küsst ihn auf die Schnauze, legt sich ihn um den Hals wie ein Lamm und füttert ihn mit etwas aus seiner Hand.

Wir haben den Olivenhain hinter uns gelassen und gehen jetzt einen breiten Pfad unter Kiefern, die hier von österreichisch-ungarischen Soldaten gesetzt wurden, genauer gesagt, von ihrem Hauptmann, der die Insel mehrere Jahre lang gehalten hat. Wie und wann er sie gehalten hat, kann oder will mir Stanko nicht sagen, auf jeden Fall habe ich mit der Frage übertrieben, genauer gesagt, mit der Banalität dieser Frage.

– Pah, als wäre das so wichtig – entschließt sich Dino mir zu helfen – wichtig ist doch, dass die Kiefern noch immer dastehen und dass wir jetzt im Schatten gehen und nicht in der Sonne.

Ich sehe aufs Handy, es ist neun Uhr, der Rücken unter dem Rucksack ist völlig nass, meine Beine geben bereits nach, und wir haben noch gar nicht mit dem Aufstieg begonnen. Stanko bemerkt meine Qualen, wir bleiben unter einer Baumkrone stehen, um kurz auszuruhen, trinken etwas Wasser und setzen unseren Weg in einem etwas lebhafteren Tempo als vorher fort. Ich weiß, je steiler der Aufstieg, desto schneller muss man gehen, Stanko ist so ein Mensch, wenn es schwerer wird, wird er stärker.

Ich gehe hinter dem Schwanz des Esels und sehe, wie seine Last hin und her schwankt, wie sich seine Beine bei jedem Schritt in den steinigen Pfad stemmen und wie alles zusammen so harmonisch und sicher wirkt. Wir kommen auf ein kahles Flachstück hinaus, von hier bis zum Gipfel wird es wohl keinen Schatten mehr geben, die Vegetation ist niedrig, Gestrüpp und Macchia, ein paar vor sich hin kümmernde Eichen, da fragt man sich, wo verstecken sich all die Wildschweine in dieser kahlen Landschaft.

Der Pfad verengt sich und wird gefährlich steil, an manchen Stellen muss ich mich mit dem Stock abstützen, um nicht den Abhang hinabzurutschen bis zur Riva und der Eisdiele, ich sehe zum Ort hinunter, aus dieser Entfernung sind die Menschen noch zu erkennen, aber nur die Oberkörper und Köpfe, Arme und Beine verlieren sich in der flimmernden Hitze dieses Morgens, des fünften Juni.

Zum Glück wieder eine ebene Passage. Wir bleiben an einer Schafstränke stehen, unter einem großen Felsvorsprung, der sich über diese Lichtung wölbt, ein kleiner Rastplatz. Den halben Weg haben wir, sagt Stanko, das Schlimmste ist geschafft, lacht Dino, und genau wie mir meine Führer gesagt haben, brauchen wir jetzt nur noch gerade nach oben zu gehen, es gibt keine Serpentinen mehr, nur noch den geraden Pfad bis zur Karaule. Steil, gefährlich und der Sonne ausgesetzt.

Stanko nimmt aus der über die Schulter geworfenen Tasche ein Stück Brot und eine Wurst, die wir in Stücke reißen und aufteilen.

– Das ist das Beste auf der Welt, Tomo macht sie, schade, dass wir nicht noch welche mitgenommen haben, als wir bei ihm waren, die ist vom Jungschwein, koste mal, wie gut.

Und wirklich, geräuchert, trocken, mit etwas Rosmarin und Thymian, mit ordentlich Pfeffer und Fett, diese Wurst ist ein richtiges Männerfrühstück, genauer, eine Mahlzeit für jede Gelegenheit. Sie strotzt nur so vor Kraft und feiner Schärfe, sie hat eine tröstende und zugleich aufregende Portion Salz und Pfeffer in sich. Sie passt zu diesem Morgen, zu diesem Tag und dieser Szene wie ein karibischer Farbiger zu einem Hundert-Meter-Sprint.

Dino streckt seine Hand unter die Zeltplane und nimmt dem Esel eine Schüssel und eine Plastikflasche ab, in der sich einmal eine Reinigungsflüssigkeit für Windschutzscheiben befunden hat und die jetzt mit Wasser für unseren grauen Wegbegleiter gefüllt ist. Er schwitzt an den Schenkeln, und auch unter dem Tragsattel ist er vom Schweiß dunkel gefärbt. Aber er trinkt langsam, fast aristokratisch, er nimmt sich genau so viel Zeit, wie ihm seine Natur gebietet. Er trinkt wie ein Tier. Und das ist für mich, der ich der Menschen müde bin, ein schönes und beruhigendes Bild.

Lässt er ihn mir oben? Ich werde Stanko fragen und ihn darum bitten.

– Schau – sagt Dino und nickt in Richtung Tümpel, an dessen feuchten Rändern sich auf dem grünlichen Stein Panzerschleichen sonnen, es ist ein ganzes Dutzend, schwarz, plump, fast regungslos.

Stanko kehrt sich nur ab und schreitet bergan, Dino, der den Esel führt, folgt ihm, ich bleibe noch einen kurzen Moment vor diesem furchterregenden Anblick stehen.

Was können sie mir tun? Nichts, ungiftige, beinlose Echsen, ich kann sie mit einem Stein verjagen. Aber ich kann mich nicht von der Stelle rühren, ich sehe die walzenförmigen schwarzen Schlangengebilde und frage mich verunsichert, wo ich hier hingekommen bin, was mit mir passieren wird, wenn die Nacht einfällt und ich ganz allein auf diesem Berg bin, mitten in einer Hölle, die kriecht, stöhnt, raschelt, trampelt und splittert, kreischt und schreit, in einer Hölle, die irgendwo in der Tiefe all meine aufgestauten alten und neuen Ängste freilassen wird.

Ich habe mein Messer, das ich in Unterwasserlöcher gerammt habe, um Tintenfische aus ihrer schwarzen Wolke zu pflücken, mit ihm werde ich in dieser Hölle herumfuchteln, sollte mich die Schlaflosigkeit auf dem Gipfel eines allem Anschein nach zahmen Bergs heimsuchen, in dem erhabenen, lauten Augenblick eines allem Anschein nach gewöhnlichen Lebens.

* * *

– Wie hoch sind wir hier eigentlich?

Stanko sieht mich über den Rücken des Esels an und lacht.

– Nicht hoch, noch ein bisschen. Die Karaule liegt auf ungefähr siebenhundert Metern. Sankt Isidor auf siebenhunderteinundsechzig. Du wirst sehen, du wirst es oben gut haben, die Aussicht ist gut.

Was könnte ich außer der Aussicht in dieser Einsamkeit sonst wohl haben, frage ich mich und meinen Entschluss hierherzukommen. Der Entschluss ist unbestimmt, er entspringt einem plötzlichen vagen Schuldgefühl und einem zunehmenden, am Ende unerträglich gewordenen Unbehagen über mich und über die Leichtigkeit, mit der ich durch mein Leben spaziere; einem Unbehagen über das hochfahrende Geschwätz bei den Vernissagen; über all das Blendwerk, wegen dem kein Sinnesorgan mehr normal funktioniert, nein, plötzlich sind auch unsere Hände, unsere Ohren und Nasen blind geworden für die übrige Welt und ihr Leiden. Ich bin das Achselzucken über die mich umgebende Welt leid, mich ekelt vor meiner eigenen Erstarrung, meiner eingeborenen Angst vor Veränderung, Begegnung, Zusagen. Obwohl ich dieser Angst eigentlich dankbar sein müsste, sie hat mich geschützt, sie hat mich wach gehalten auf diesem Boden, auf dem ich jetzt in Gesellschaft eines Esels und zweier Männer auf den Gipfel eines Inselbergs steige und mein Ziel zu erreichen versuche. Das an diesem Morgen nur einen Namen hat – Karaule.

Wir kommen plötzlich in einen dichten Eichenwald, der Wind rauscht und trocknet unseren Schweiß, mit einem Mal wird der Weg gerade und führt sogar leicht bergab. Ein paar Augenblicke scheint mir, dass wir uns verlaufen haben, aber Dino und Stanko gehen wortlos und gelassen weiter.

– Wir sind da – sagt Dino.

Wir haben eine kleine Lichtung unter Bäumen erreicht, durch deren Kronen und Stämme man nur das Meer und den Himmel sieht. Zu allen Seiten nur Fische und Flugzeuge, Muscheln und Wolken, Touristen und Schutzengel. An diesem Ort sind alle möglichen Varianten zusammengekommen, sie werden mein Alltag sein und ich ihr Gott. Möglicherweise wird es aber auch anders aussehen und es Gott, wie schon in einigen anderen Fällen, nicht geben. Wir werden sehen, nur will ich zuallererst wissen, wieso wir angekommen sind, wenn ich kein Haus sehe und noch weniger eine Karaule.

– Wie das? – frage ich.

– Wir stehen genau drauf – sagt Stanko und macht einen Hüpfer, er beginnt mit den Füßen Erdschollen und Zweige auseinanderzuschieben, allmählich kommt eine Betonplatte zum Vorschein, ja, wir stehen auf einer in den Berg versenkten Karaule.

Wir gehen den Pfad hinunter, und vor uns liegt ein flacher Bau mit zwei großen Türen, unter der Betonplatte zurückversetzt auch eine Art Terrasse, auf ihr ein Tisch mit zwei Stühlen, mit einem Draht festgebunden, eine mit Kette und Schloss versperrte Tür, vor den Fenstern Bretter. Ein paar Meter weiter, auf einem Flachstück, Schlangen.

Dino nimmt dem Esel, der auf der Stelle steht und nichts bewegt außer seinem festgebundenen Schwanz, den Tragsattel ab. Ich nehme mein Messer und schneide den Strick durch, der Schwanz fällt hinunter und trifft mich im nächsten Augenblick an der Schulter. Stanko hat bereits alles aufgesperrt, das Innere meiner neuen Behausung zeigt sich. Die Italiener haben, als sie auf die Insel kamen, den Bau in nur wenigen Tagen errichtet, er ist also älter als Stanko, er ist mehr als siebzig Jahre alt, aber sein armierter Beton hält noch immer.

– Fenster und Türen sind neu – sagt Stanko – noch vor dem Krieg, wir haben sie hergerichtet und von hier aus die Kaserne beobachtet.

Neu, also mindestens fünfzehn Jahre alt.

Die Karaule hat in der Zeit nach dem Krieg, nach unserem Krieg, wie Stanko sagt, eine Zeit lang als Berghütte gedient, aber sie wurde schon bald wieder zu einem toten Haus, das fast notgedrungen der Freiwilligen Feuerwehr zur Verfügung gestellt wurde. Sie ist seit Jahren geschlossen, zweimal im Jahr bekommt sie Besuch, Anfang April, zur Wallfahrt nach Sankt Isidor, und im Sommer, wenn die Operation Sturm gefeiert wird und der Bataillonskommandant dem Anlass entsprechend einen Gewehrschuss abfeuert, denn während des Kriegs ist auf der Insel tatsächlich nur ein einziger Schuss gefallen. Den hat Stipe Lipi vor dem Kasernentor als Warnschuss in die Luft abgegeben, heute sitzt er als Mitglied der Autonomen Partei im Stadtrat. Die Kaserne war seit Tagen leer, verlassen, alle Waffen waren bereits ans Festland oder mit Barkassen in größere Kasernen weiter im Süden gebracht worden. Stipe hatte sich mit seiner damaligen Frau gestritten, sie hatte ihn beschimpft, ein Feigling zu sein, der sich auf der Insel herumdrückt, während die richtigen Jungs auf dem Velebit kämpfen. Der Mali Plavac, der Kleine Blaue, obwohl aus kleinen Trauben mit nur geringem Ertrag, hat manchmal große Wirkung, und so zog sich Stipe in nur zwei Minuten seine Stiefel an und machte sich mit der Jagdflinte auf den Weg zur Kaserne, irgendwas habe ihn dazu getrieben, erzählte er später.

– Ergebt euch, ergebt euch alle! – schrie er. – Das hier ist Kroatien, das hier ist Kroatien, habt ihr gehört?

Da aber alle schon seit mehreren Tagen weg waren, zeigte niemand die Absicht, mit erhobenen Händen und mit weißer Fahne aus der Kaserne zu spazieren. Stipe versteckte sich hinter einer Palme und gab einen Warnschuss in die Luft ab.

Damals hat er nicht nur auf dieser, sondern auch auf allen umliegenden Inseln, obwohl er noch immer sein Ziegenbärtchen und seinen vollen Schnauzer pflegt und einen dicken Plastikreifen in sein dichtes dunkles, grau gesträhntes Haar steckt, seinen Spitznamen Lipi, der Schöne, eingebüßt. Seit damals ist und bleibt er – Stipe Metak, Stipe die Kugel.

In der Karaule gibt es mehrere Liegen – eine Art Küche mit gasbetriebenem Herd und Kühlschrank, zwei kleinere Schränke, in denen Decken und gelbstichige Leintücher liegen. Stanko und Dino haben auf der Terrasse bereits die Sachen, die wir mitgebracht haben, auf der Zeltplane ausgebreitet, Konserven, Teigwaren, eine Flasche Olivenöl, Zwieback, Verpflegung für bestimmt einen Monat. Rasch haben sie das Solarpaneel an den Akku angeschlossen und das Kabel mit Glühbirne und Steckdose verbunden, sie instruieren mich kurz, wie das Motorola funktioniert, lassen mir ein Notizbuch mit Handynummern da, Anweisungen im Falle eines Brandes, mit dem ganzen Prozedere, die Handynummern des Kommandanten, sogar die Handynummer eines der Piloten ihres Löschflugzeugs.

– Hier hast du auch die Nummer der Bergwacht, falls etwas schiefgeht, wir haben dort einen unserer Leute.

Die Sonne steht bereits hoch, meine Weggefährten haben beschlossen, mich zu verlassen und zurückzugehen, es wird höchste Zeit. Es ist heiß, sogar hier in siebenhundert Metern Höhe, oberhalb von Javorna und seinen Menschen, die am Start ihres touristischen Wettlaufs stehen, in der Hoffnungslosigkeit der Dienstleistungen und in Erwartung der Konfrontation mit der Nervosität, die der Ansturm mit sich bringen wird. Mit dem vielen nackten Fleisch, das sich auf den Straßen auf diese ruhige, ja stille Insel zuwälzt, die den größeren Teil des Jahres mit niedrigem Blutdruck und im mönchischen Frieden langer Tage und Nächte dahindümpelt.

– Der Esel bleibt bei dir, du wirst ihn brauchen, wenn du Besorgungen machst, es gibt keinen anderen Weg zu dir herauf, jetzt bist du allein auf der Welt.
– Ich bin nicht allein. Ich habe Visconti.
– Wen?
Beide, bereits im Weggehen, sehen mich verblüfft an.
– Na, den Esel.
Sie winken ab und sind schon im dichten Gestrüpp verschwunden, ich höre nur, wie unten im Wald einer von ihnen hustet, und das ist alles. Visconti sieht mich ruhig an, ich nehme ihm das Halfter ab und lasse ihn frei, damit er das noch grüne Gras rings um die Karaule fressen kann. Dieses Geschöpf, dieser Visconti, ein wirklich ungewöhnlich großer Esel, hat von Anfang an etwas Edles und Bewundernswertes an sich. Er steht sehr, sehr ruhig, fast regungslos, wie eine Skulptur mit lebendigen Augen. Er ist auf sonderbare Weise ausgeglichen, still und unaufdringlich. Als ich ihm zu trinken hinstelle, steht er zuerst einige Sekunden verschwitzt und müde über dem Wasser. Keinerlei Gier, keinerlei hastiges Schlürfen. Wie ich das bewundere!

Mein Blick wandert über die ausgebreitete Zeltplane, auf der nichts ist, das in den Kühlschrank muss. Ich ziehe ein Bett auf die Terrasse hinaus, ziehe mich aus, wasche mich und lege mich hin. Zwischen Viscontis Ohren hindurch sehe ich das Meer, oder ist es der Himmel? Ich bin mir nicht sicher, und dieses Gefühl des Zweifelns zwischen Meer und Himmel beruhigt mich und wiegt mich ein in ungewöhnlicher Milde. Ich bin an meinem Ziel, am Himmel und auf Erden zugleich.

* * *

Nach der Vernissage unseres berühmten Malers, der eigens zu diesem Anlass seinen Aufenthalt in New York unterbrochen hatte und zur Eröffnung gekommen war, nach diesem schlampig ausgeführten Job, bekam ich die fristlose Kündigung meines Arbeitsvertrags. Die Einladungen waren nicht rechtzeitig rausgegangen, und zur Vernissage war nur eine Handvoll ständiger Besucher erschienen.

Aber die Schuld lag nicht allein bei mir, die Einladungen waren nicht rechtzeitig gedruckt worden, da der Direktor darauf bestanden hatte, sie vor dem Druck noch einmal durchzusehen.

Und ich habe darauf gewartet, dass er sie durchsieht.

Als die Zeit knapp wurde, erinnerte ich ihn mehrmals daran, aber er war mit anderen Dingen beschäftigt und warf mich fast aus dem Büro.

Ich versuchte es über seine Sekretärin, aber auch auf sie hörte er nicht, später erfuhr ich, dass er in jenen Tagen oft mit Politikern zusammengesessen und über seine nächste Funktion gesprochen hatte, die des Kulturministers nach den anstehenden Wahlen. Während ich darauf wartete, dass er prüft, ob eine gewöhnliche Einladung richtig aufgesetzt ist.

Am Ende habe ich den Druck ohne sein Wissen selbst freigegeben, war aber mit dem Ganzen viel zu spät dran.

Und jetzt sind wir da, es ist sieben Uhr am Abend, die hohen Decken des Museums erdrücken und ersticken uns schier. Rund dreißig zufällig Interessierte, ständige Gäste vor den Tischen und Tresen, Leute, deren Alter schwer einzuschätzen ist, Leute, die zur selben Zeit ihre früheren wie ihre künftigen Leben leben, vor allem wenn ein Buffet angesagt ist.

Auch die Monografie verspätet sich, zur Eröffnung gibt es keine einzige.

Der Maler flucht fantasievoll, richtig volkstümlich. New York hat ihn kein bisschen verdorben.

Ein Schuldiger wird gesucht, und ich trete ans Mikrofon und hauche hinein:

– Verehrte Damen und Herren, in der Absicht, diese Vernissage gemäß der künstlerischen Größe und außer jedem Zweifel stehenden Bedeutung unseres heutigen Malerstars zu gestalten, habe ich im Rahmen meiner bescheidenen Vollmachten und reduzierten voluntaristischen und intellektuellen Kapazitäten alles unternommen, alles getan, alles riskiert – und am Ende das bekommen, was Sie hier sehen. Die Einladungen befinden sich noch in der Tasche des Postboten, und die Monografie trocknet in einer Druckerei auf einem Vorstadtacker. Dementsprechend kann ich nur meinen größtenteils leeren und einigermaßen müden und in jedem Fall nicht allzu schönen Kopf als Opfergabe und Sühne für meine Sünden und Unterlassungen anbieten. Ich wiederhole, *mea culpa, mea maxima culpa,* meine große Sünde gibt es allerdings nicht als äußerliche Tatsache, sie wurzelt vielmehr im Inneren meines Charakters, genauer: Sie ist die Armatur, aus der ich als menschliches Wesen, als Mitarbeiter dieser Institution zu meinem Leidwesen gefügt bin. Aus diesem Grunde ist jede Entschuldigung überflüssig, jede Rechtfertigung langweilig, sie würden diesem feierlichen und erhabenen Abend einen unangemessenen Mehrwert bescheren. Überlassen wir uns den Bildern, der Magie der Farben und der Vision, der Kraft des Pinsels und der Chemikalien, geben wir uns dem Wein hin, den Kanapees und dem Tratsch. Zum Wohl!

Ich tat das mit jenem Genuss, mit dem man nicht durchdachte, aber befreiende Dinge tut. Schon wenige Monate später war ich ganz woanders, eigentlich überall, nur nicht mehr auf solchen Ausstellungen.

Einmal hatte mir der Direktor den Vorwurf gemacht, ich sei nicht einmal mehr unterhaltsam.

Das stimmte, ich war auch deshalb nicht mehr unterhaltsam, weil ich aufgehört hatte zu glauben, dass Charme etwas ist, das man versprühen, ja, mit dem man um sich werfen soll. Ich schloss mich in meinen Panzer ein, genauer gesagt, in eine gepanzerte Welt, die sich sogar selbst gefiel. Jetzt hatte ich monatelang zu Menschen Kontakt, die mir zufällig über den Weg liefen, wobei ich immer nur kurz abwog, ob ich mich mit ihnen zusammen irgendwo hinsetzen sollte oder nicht. Die Kündigung hatte mir zwei unschätzbare Dinge beschert – das Gefühl der Freiheit und den Tod der Höflichkeit. Jetzt sehe ich, dass beide miteinander verquickt sind und dass sich alles unter dem Gefühl der Freiheit subsumieren lässt, was ich vergessen hatte, falls ich es jemals auf so fundamentale Weise gefühlt hatte. Ich setzte mich auf dem Cvjetni trg zu einem Glas Bier und fürchtete nichts und niemanden. Keinen Telefonanruf, keine Verpflichtung, keinen morgigen Tag und keinen heutigen. Die Leute, die mich noch bis vor wenigen Tagen mit ihren Fragen, Wünschen und Karrieren belagert hatten, machten jetzt einen Bogen um mich.

Der Cvjetni trg in Zagreb ist der ideale Ort, um Beziehungen neu zu definieren, genauer: um Menschen zu verwerfen. Viele sehen in ihm freilich auch einen Ort der Begegnung, aber diese Kraft hat er nicht. Auf ihm geht man entweder vorbei oder man verwirft. Für einen so kleinen Platz ist das mehr als genug.

Für die Treue zu meinem Museum bekam ich glücklicherweise keine Armbanduhr, sondern die gesetzlich vorgeschriebene Abfertigung, ich hatte sechs Monate Zeit, um mich zurechtzufinden und mir eine neue Arbeit zu suchen. Ich wusste, dass am Ende die Arbeit mich finden würde, sodass keine Nervosität angebracht war, ich hatte es nirgendwohin eilig.

Den Sommer verbrachte ich trinkend, *wartend,* wie ein deutscher Dichter vor Langem einmal sagte, *auf Medusa, auf Rausch minus Horror, auf den irren Bomber, der uns alle weckt.*

* * *

Als ich aufwache, ist es bereits Nacht. Ich muss entweder sehr müde gewesen sein, oder die Karaule wirkt so entspannend, dass die Dinge anfangen, episch zu werden, so auch der Schlaf. Jetzt heißt es irgendwo Licht machen und fertig auspacken, das Haus ein wenig inspizieren, wenigstens irgendetwas kapieren, eine Kleinigkeit, ob es zum Beispiel Mäuse, Ameisen oder Wespennester gibt, das Wasser aus der Zisterne probieren, den alten Herd einheizen, der aus Cetinje stammt, und mir ein Abendessen zubereiten. Ich habe ein schönes Stück Pancetta mit, damit kann ich mir etwas machen. Gibt es Schnecken? Dann vielleicht ein Risotto?

Jetzt mal schön langsam!

Du bist hoch oben und allein. Die Menschen sind weit weg, und niemand, aber wirklich niemand erwartet etwas von dir. Du kannst tagelang regungslos bleiben. Du kannst hier krank werden, sterben, du schuldest niemandem etwas. Beruhige dich und bewege den Arm, den schwächeren von beiden. Dann erst alles andere.

* * *

Seinerzeit hatte ich Mijo Prelević kennengelernt, einen Hünen von Feuerwehrmann, der zur Präsentation eines Buchs seiner Cousine in die Buchhandlung gekommen war, einer Dichterin, deren Namen ich vergessen habe, aber nicht einige ihrer berühmten Verse: *Es war die Nacht der Liebe, noch jetzt haucht mir der Wind den Biss deiner Seele in den Nacken.* Oder: *Wir trafen uns in der Einsamkeit, gingen durchs Dunkel, begleitet von Stimmen und Rufen, haltet inne, Liebende, haltet inne … aber wir wollten die Berg- und Talbahn des Glücks nicht verlassen.*

Die vergessene Dichterin wird mir vergeben, wenn ich für die Belange dieses Berichts das eine oder andere Detail oder Wort überspringe oder ein wenig aus Reim und Rhythmus falle, unglückliche Lieben sind leider auf komplizierte Weise präzise, wer könnte sich das alles merken. Aber Mijo Prelević habe ich nicht vergessen, er hat mich mit seiner Ruhe beeindruckt, die aus einer anderen Welt zu kommen schien. Mit seinen fast zwei Metern Länge blickte er auf die Welt, die ihn umgab, wie auf einen völlig gefahrlosen Ort hinunter. Das Einzige, dem Mijo aus dem Weg ging und das er fürchtete, war Feuer. Er war in der Tat ein Ausnahmemensch, das sehe ich jetzt, der für sich etwas Wichtiges gefunden hatte, seine größte Angst, der er folgte. Er hatte sich neben der Arbeit weitergebildet und alles Mögliche gemacht, jetzt wartete er auf die Pensionierung. Ja, auch vor der hatte er Angst, aber lassen wir das. Mit ihm habe ich das besprochen, was jetzt vonstattengeht, meinen Aufenthalt in dieser Karaule, an diesem unbekannten Ort, in dieser Nacht, die hereingebrochen ist und das Licht wie eine Kaffeeschale zerschlagen hat.

Dunkel und dicht ist die Nacht heraufgezogen, über den Wald und über das Haus, über meine Haut und über Viscontis Augen, die, das weiß ich, blitzen können, wenn sich der Mond zeigt. Die Nacht hat sich auf die gleiche Weise über diesen Ort gelegt, wie sie es zu der Zeit getan hat, als es noch keine Menschen gab, durch einen evolutionären Trichter, auf eine ganz animalische Art und Weise, und ich habe sie mit meinen Menschenhänden auf der Suche nach einer Taschenlampe berührt. Ich bin gegen etwas Scharfkantiges gestoßen und muss laut fluchen. Darauf fängt es im Gebüsch in der Nähe zu rascheln an, lässt sich in einer Baumkrone ein Kauz vernehmen, fällt irgendwo ein Stein oder ein Kiefernzapfen zu Boden, erzittert ein dünner Baum. Etwas läuft über die Betonterrasse, wieder raschelt es, unten blökt ein Schaf, ein Baumstamm bricht, eine Rotte Wildschweine macht sich auf die Suche nach Futter, ein Hund bellt, Fische fliegen, Saturn hat sich gerührt!

Angst.

Ich werde mich an diese Angst gewöhnen müssen und sie lieben lernen.

Ich bin nicht hergekommen, um Bilchmäuse zu zählen oder unverhoffte Freundschaften mit Käuzen zu schließen, ich bin hergekommen, um hier zu leben, um auf Visconti aufzupassen, weil ich weiß, dass auch er auf mich aufpassen wird. Um Brände zu entdecken, zu melden, zu löschen, zu warnen.

* * *

Ratimira Došen, die von uns Wohlmeinenden Mira und von den anderen Ratka oder Dicke genannt wurde, saß in der Mittelschule ein ganzes Halbjahr neben mir in der Bank, dann zog sie nach Zagreb, da sich ihre Eltern hatten scheiden lassen und ihre Mutter einen Posten im Staatsdienst angenommen hatte. Sie wohnten in Prečko, am Stadtrand von Zagreb, Mira absolvierte ein Journalistikstudium, danach studierte sie ein bisschen Dramaturgie und kriegte einen Job beim Fernsehen, jetzt ist sie Redakteurin im Bildungsprogramm. Diese Mira, die ich fünfundzwanzig Jahre lang komplett vergessen hatte, stand plötzlich vor mir und bot mir einen Job an, sie lächelte, und es kam mir vor, als freute es sie. Sie begann mit einer neuen Sendung, einem halbstündigen Format, in dem sie Kinder mit Literaturgrößen bekannt macht, ich sollte die Skripts schreiben.

– Du erinnerst dich an alles Mögliche, ich weiß, dass du eine Art wandelnde Lyrik-Anthologie bist – sagte sie.

Sie erwähnte auch einen Job als Moderator, aber dann korrigierte sie sich mit dem schönen Satz:

– Du siehst ein, dass wir dafür doch ein bisschen zu alt sind? Dir wird nicht langweilig werden, nicht wahr? – fragte sie.

– Nein, wird es nicht – gab ich zur Antwort – ich habe bereits Ideen.

Es war Ende August, der einunddreißigste, und mein Jahr war gerettet.

Nachdem ich aus dem Fernsehgebäude herausspaziert war, kam ich in die untere Draškovićeva, ging die Straße langsam hinauf in Richtung Wohnung, aber jedes Lokal zog mich magisch an, ich besuchte sie alle, setzte mich auf jede Terrasse und trank ein Bier. Ich würde diese Skripts schreiben, aber mir auch für andere Dinge Zeit nehmen, ich konnte von zu Hause aus arbeiten, ich musste nur hin und wieder zur Teambesprechung.

Ich musste mir einen Fernseher kaufen, ich hatte keinen.

Womit ich das verdient hatte, wusste ich nicht, wahrscheinlich war es wieder so ein Zusammentreffen von Glücksfällen, jemand hatte jemandem gesagt, dass mir gekündigt worden war, ich hatte keine Ahnung. Noch wusste ich nicht, dass mir Mira bereits beim nächsten Treffen sagen würde, dass ihr meine Aufsätze immer gefallen hatten und dass sie mich schon seit Jahren beobachtete, dass sie wusste, was ich tat, dass es sie freute, dass ich jetzt in Zagreb war, denn hier fehlte es immer an Menschen, wie ich einer war. Noch wusste ich nicht, dass ich sie nicht fragen würde, was für einer ich denn sei, denn das wäre wirklich zu viel gewesen, dumm und überflüssig. Sie mochte ihre Gründe haben, warum sie es mir ermöglichte, diese Skripts zu schreiben. Warum sollte oder musste ich das wissen. Das ging so in Ordnung, bringen Sie mir noch ein Bier, bitte.

Jetzt reichte es, ich war müde und hatte Magenschmerzen. Der Alkohol hatte seine Engel abgezogen und mir seine Gifte dagelassen. Ich ging langsam nach Hause, plötzlich wach und nüchtern, mit konzentrierten Bewegungen, irgendwo zwischen Hauswand und Bordstein. Ich stellte mir eine schöne Unsichtbarkeit vor, an mir fuhren leere Straßenbahnen vorüber, nur der eine oder andere Kopf versank im Süden der Draškovićeva, hinter dem blauen Rücken der Straßenbahnen, wie hinter einer Woge.

* * *

Sirenen, vor meinem Haus! Genau gegenüber, vor dem Unfallkrankenhaus, blieben zwei Rettungswagen stehen, eilig öffneten sie die Türen, und dann zogen sie langsam, ganz langsam, Verletzte aus dem Inneren.

Ich sah reglose Körper, in Verbände gewickelt wie Mumien. Einem der Sanitäter war die Tasche von der Schulter gefallen, ich hob sie auf und reichte sie ihm. Ich konnte den Blick nicht von den Körpern auf den Tragen wenden, ich starrte angsterfüllt und bemerkte für einen Moment, wie mich durch die Gaze, durch einen kleinen Schlitz in den Verbänden, jemand ansah. Dunkle, angespannte Augen. Finsternis des Unglücks.

Irgendwie schleppte ich mich zu meiner Wohnung und öffnete die Fenster. Ich setzte mich an den Tisch, ich starrte auf die Risse an der Wand und suchte irgendwo Rettung vor so viel Qual und Trauer. Im Radio hörte ich, was auf den Kornaten passiert war. Die Augen, die ich gesehen hatte, waren vielleicht die Augen von einem dieser Burschen, die verunglückt waren. Ich krampfte mich zusammen, aber ich konnte nicht aufhören, ich schluchzte und stöhnte, ich weinte um sie, über das Schicksal, über den gleichgültigen Gott, über das Feuer und die Brandstätte.

* * *

Das erste Skript war bis zum fünfzehnten September abzuliefern. Bis dahin lag ich alle Nächte wach und versuchte mich etwas zu sammeln. In meine entleerte und ruhig gestellte Welt war das Unglück hereingebrochen. Ich träumte von den Augen hinter den Verbänden, von dem Feuer, ich träumte, dass mich jemand ruft und um Hilfe anfleht. Ich träumte, dass ich zerfalle, wenn ich losrenne, dass ich vom Gestein verschüttet werde. Dass Feuer und Fluten gegen mich anstürmen, dass sich unter meinen Füßen die Erde auftut und mich verschlingt, ich wachte atemlos auf, starr vor Grauen, vor Angst.

Was konnte ich begreifen? Meine Ohnmacht?

Diese Lektion hatte ich längst gelernt, jetzt war ich nicht bereit für Belehrungen, ich wollte mich freistrampeln von diesem Gefühl, das mich seit jenem Moment völlig beherrschte, in dem mein Blick dem des Verunglückten begegnet war. Augen finden dich immer, dachte ich, Augen sind Begegnung, nichts anderes sind Augen. Es gibt kein stärkeres und tieferes Gefühl als das eines Blicks, kein Streicheln, kein Umarmen, kein Berühren, nichts. Alles das ist blass und verwirrend klein im Vergleich mit der Tiefe des Scheiterns oder Wachsens in jemandes Auge. Dieser Schrei durch die Gaze, diese schreckliche Reglosigkeit der noch lebendigen Augen, die mich in einer plötzlich entstandenen Zufallsnähe ansahen: Augen, die ich nicht vergessen konnte, und die ich in meiner Erinnerung mit mir tragen würde wie dunkle Medaillons des Unglücks, unbegreiflich und überwältigend, eines Unglücks, das als Schicksal daherkam, mit dem angemaßten Recht, Unschuldige zu vernichten; dieser Schrei wurde immer lauter, er läutete, er trommelte, er zerschlug jeden meiner Morgen, an dem ich Entscheidungen zu treffen hatte.

Mit dem ersten Skript, es handelte von Albert Camus, begann ich mich mit Arbeit, mit Verpflichtungen zu überhäufen, meine Zeit auf jede noch so wahnwitzige Weise zu vertun. Ich malte meine Wohnung aus, auch das Treppenhaus, fuhr jedes zweite Wochenende zu meinen Eltern auf Besuch, nahm mich dort der Renovierung des alten Steinhauses an, das im Großen Krieg in Brand gesteckt und in unserem letzten Krieg ebenfalls angezündet und an einer Ecke von einer Granate getroffen worden war.

Ich suchte die Müdigkeit des Körpers, die Leere des Geistes, den Frieden des Herzens. Zu viel.

* * *

Alle Sachen sind eingeräumt, das Haus ist sauber gemacht, ich habe Wasser geholt, eine alte Bürste gefunden und Visconti gestriegelt.

– Du freier Esel – sage ich zu ihm – es gibt keine Freiheit ohne Schönheit und keine Schönheit ohne Güte!

Ich leere noch ein paar kleinere Taschen, die mir Dino und Stanko gepackt haben, alles Mögliche findet sich da, sogar ein kleiner Feuerlöscher, wie ich sie in Taxis gesehen habe, verschiedene Schüsseln, eine gute Pfanne, Lebensmittel, Mehl, Trockenhefe, ein halbes Schock Eier, sogar ein Schneebesen und ein langes schmales Messer, mit dem ich den luftgetrockneten Schinken aufschneiden kann. Sie haben sich wohl vorgestellt, dass ich hier oben ein Restaurant aufmachen werde, aber das passt schon, es wird auf andere, noch nicht bekannte Weise Verwendung finden, da bin ich mir sicher. In der Tasche finde ich auch einen Armeefeldstecher, ich glaube, es ist ein amerikanischer, ich habe ihn noch nicht ausprobiert, er hat auch ein Stativ, ich suche noch einen guten Platz für ihn.

Ich steige auf die Karaule, jetzt kann ich mich in Ruhe umsehen, wohin ich gekommen bin, was ich zu kontrollieren und zu bewachen übernommen habe. Zu beiden Seiten meiner Schultern ist Meer, und zu meinen Knien bietet sich mir die ganze Insel dar, ich sehe alle ihre tiefer gelegenen Orte, Täler und Hügel, Buchten und Untiefen, Riffe und Kaps, alles ist vor meinem Auge, einfach zu umfassen und irgendwie sehr nahe. Die Karaule befindet sich unmittelbar auf dem Rücken des Bergs, ich sehe nach drei Seiten, über das Meer und andere Inseln, nur über Meer und über weit entferntes Meer.

Ich gehe hinunter, nehme das Messer, das kleine Beil, Wasser, mein Notizbuch und rufe Visconti.

– Wir gehen spazieren, du freier Esel, wir müssen eine Inspektionsroute festlegen, ein bisschen unsere Umgebung erkunden.

Bereits nach wenigen Metern haben wir uns im Wald verirrt, wir gehen einen kleinen Pfad hinunter, den Hirten und Schafe vor langer Zeit ausgetreten haben und der jetzt allem Anschein nach von Keilern und Bachen instand gehalten wird. Vielleicht auch von dem einen oder anderen Bergsteiger, obwohl ich nicht glaube, dass es für jemanden, der zum Urlaub ans Meer kommt, besonders interessant ist, auf einen Berg zu steigen. Denn unten warten so viele Eissorten und Liegestühle auf einen! Hier warten nur Schweiß und Müdigkeit, das Rauschen des Winds und unbekannte Wildnis.

Wir gehen stundenlang. Das Gelände ist schwierig, wir klettern über Geröllhalden, gehen an Abgründen entlang, kommen in dichtes Gestrüpp, in den Wald und glücklicherweise in den Schatten. Ich skizziere unsere Route, markiere die Orte für Ruhepausen, zwischen ihnen messe ich die Zeit, die notwendig ist, um sie zu erreichen, so bekomme ich eine Richtung, genauer einen unregelmäßigen Kreis, der vor meiner Karaule beginnt und endet. Auf dieser Runde gibt es mehrere Schafstränken, es gibt Wald, Macchia, baumlose Flächen und zahllose Pfade, die sich verzweigen und aufhören, die irgendwohin führen und versickern, nach einer für mich noch unbekannten Logik.

Zur Karaule kehren wir gegen Mittag zurück, Stanko ruft mich über das Motorola an, er fragt, wie es mir geht, wo ich gewesen bin, warum ich es nicht mitgenommen habe. Er hat auch am Handy angerufen, das war in meiner anderen Hose, es ist schon seit einem Jahr auf lautlos geschaltet.

– Ich habe mich etwas umgesehen, es ist alles in Ordnung, ich werde mich melden, macht euch keine Sorgen, Barba Stanko.

Ich nehme mir eine Dose Bier, setze mich auf die Terrasse und beobachte, wie die Masten unten auf dem Meer Bogen malen, wie in der Kurve die Autokolonnen aufblitzen, auf der anderen Seite der Insel kann ich eine Fähre sehen, die gerade ausläuft, am Ufer die kurvige Straße, die die beiden Orte der Insel zu berühren scheint, Javorna und Kraj. Die Straße hat kein Ende, sie hat die Insel auf ähnliche Weise im Griff wie meine Runde, hat ihre Kontrollpunkte und Rastplätze, auf ähnliche Weise könnte auch sie in Flammen aufgehen.

Ich ziehe das Stativ für das Fernrohr auseinander und nehme es mit auf die Dachplatte der Karaule, fixiere es mit zwei großen Steinen, hier weht es immer, auf den richtigen Wind warte ich aber noch. Ich ziehe den schwarzen Tubus auseinander und setze ihn ans Auge. Fast erschrecke ich über die Gegenstände und das Leben, das auf einmal ganz nah ist. Eine hohe Auflösung, ich sehe, wie sich die Menschen auf der Riva bewegen, wie vor dem Rathaus die aufgezogene Fahne flattert, wie der Fleischer einen in einen Kittel eingewickelten Rinderschenkel über der Schulter hinausträgt.

Ich lasse das „Auge" über die Insel wandern und spaziere mit ihm durch den Wald, steige Pfade hinauf, sehe Schafe, selbst Vögel, ich sehe mehrere Panzerschleichen, wie sie sich an den schlammigen Rändern des Tümpels bewegen, da setze ich das „Auge" ab, dieser Anblick macht mich unruhig.

So, jetzt kann es losgehen, ich schreibe das Datum, die Uhrzeit des Kontrollgangs in mein Notizbuch, verfasse in einem Satz einen kleinen Bericht, in dem ich die Route darlege, dann lege ich mich auf meine Terrasse und nicke ein. Visconti weckt mich mit wildem Getrampel, die Schlange, die zwischen seine Beine gekrochen ist, hat ihn erschreckt, er ist den Pfad hinuntergeflüchtet, ich sehe ihn nicht mehr!

Aber ich sehe, wie sich die dicke schwarze Schlange langsam weiterschlängelt, wie sie in dem Spalt zwischen der Betonwand der Terrasse und einem Stein verschwindet. Sie macht das ganz langsam, als gäbe es mich nicht.

Und es gibt mich auch nicht, ich kann mich nicht einmal bewegen, ich stehe einen Meter von ihr entfernt und sehe zu, wie sie in mein Haus eindringt, in mein Leben, auf ihre dumpfe, uralte beinlose Weise! Ich packe das Beil und schlage auf den Stein, aber sie hat sich bereits in ihre Finsternis verzogen, sie ist jetzt hier, unter meinen Füßen, und ich weiß nicht, ob sie ruht oder sich bewegt, ich weiß nicht, wann und auf welcher Seite sie herauskommen wird, sie ist gekommen, um mir zu sagen, dass hier meines Bleibens nicht ist, dass ich weggehen soll, dass ich ihr im Weg bin, dass alles unter der Erde und alles über der Erde ihr gehört.

Ich gehe los, um Visconti zu suchen, die Schlangen sind bis in die Karaule vorgedrungen, ich muss einen Weg finden, sie zu vertreiben, sonst werde ich noch verrückt. Ich kann sie nicht ertragen, aber ich kann sie auch nicht alle totschlagen.

Ich höre, wie jemand hämmert, mit etwas schlägt, Stimmen klingen durcheinander, zwei kann ich ausmachen, und dann sehe ich auf der kleinen Lichtung unter einer großen Kiefer einen Jungen und einen kräftigen Mann mit einem Beil hantieren. Ich sehe sie nur von hinten, sodass ich Tomo nicht sofort erkenne, er hat ein großes Wildschwein an einen Ast gehängt und teilt es jetzt mit dem Beil in zwei Hälften.

– Ach, du bist es – wirft er mir einen Blick über die Schulter zu. – Wie geht's?

Der Junge sieht mich durch zusammengekniffene Augenlider an, er wartet, dass Tomo ihm ein verstecktes Zeichen gibt, um sich erst dann herabzulassen, eine etwas freundlichere Miene zu machen. Er trägt eine Schrotflinte über der Schulter und einen Patronengurt mit schwerer Munition für die Keiler. Im Gürtel hat Tomo einen Colt und ein langes Messer mit braunen Beschlägen stecken, seine Hände sind blutig, so streckt er mir nur seinen Ellbogen entgegen, und wir geben uns, ich weiß nicht, warum das überhaupt nötig ist, die Arme.

– Ihr seid bei der Arbeit, sehe ich, braucht ihr Hilfe?

– I wo, das ist Zoe, von meinem Bruder. – Der Junge lächelt, er kann nicht älter als dreizehn sein.

– Wir haben ihn heute Nacht erlegt, jetzt werden wir ihn schön einpacken, und ab nach Hause. Wie geht es dir da oben?

– Ach, nicht schlecht, aber es gibt Schlangen.

– Jaja, die gibt es überall, so viele du willst. Soll ich dir ein Gewehr geben, ich habe ein kleinkalibriges, oder eine Schrotflinte? Ich habe auch eine Pistole, aber damit wirst du nichts treffen.

– Nein, nein, danke, auf dem Berg kann ich nicht schießen, dafür bin ich nicht da, aber wie kann ich sie vertreiben, weißt du das?

– Schlag sie tot!

– Ich hab doch gesagt, dass ich das nicht kann, und sie sind in der Überzahl, es ist kein fairer Kampf – versuche ich aus dieser unangenehmen Situation herauszukommen.

– Steck einen Autoreifen an, ach verdammt, du kannst ja auch kein Feuer machen, ich weiß nicht, zum Teufel, wenn du einen Hund hättest, aber ich brauche meinen, das siehst du ja selbst.

– Mein Opa hat gesagt, dass man eine erschlagen und sie auf einen Stock stecken muss, damit die anderen sie sehen, dann verziehen sie sich von selbst – lässt sich schließlich der Junge hören.

– Aha, ich werde es versuchen.

Tomo hat das Wildschwein in zwei Hälften zerteilt, jetzt löst er das Fleisch von den Knochen und verpackt es in feste Leinenbeutel, die Zoe in einem größeren und einem kleineren Rucksack verstaut, die Knochen und den Kopf des Tieres tragen sie an den Rand der Lichtung, an die Sonne, ein Fressen für die Geier, sagt der Kleine.

Ich verabschiede mich und will hinuntergehen. Visconti habe ich nicht gefunden, ich habe Hunger und bin wütend, verunsichert und schlecht gelaunt.

– Warte – ruft Tomo – komm, nimm was von dem Fleisch.

Er wirft dem Jungen einen blutverschmierten Beutel zu, und der Junge bringt ihn mir im Laufschritt bis zum Trampelpfad.

– Da hast du die Schulter, das ist das Beste – sagt er ernst. – Und wenn du die Schlangen totschlagen willst, ruf mich, ich helfe dir.

Ich finde ihn beim Trinken. Er sieht mich ruhig und irgendwie dankbar an. Visconti ist von allein zurückgekommen, das hätte ich mir denken können. Vermutlich ist er nicht einmal weit weg gewesen. Auf dem Tisch öffne ich den Beutel mit dem Fleisch, schneide mir ein Stück ab und schiebe den Rest tief in den Kühlschrank. Ich nehme den Schleifstein, um das Messer zu schärfen und um dieses Stück, diesen Tag, alle künftigen Tage und Nächte hier oben nach eigenem Gutdünken anzuschneiden, um das ohne Mühe tun zu können, mit der Natur der Bewegung selbst, in einem natürlichen Tempo, an diesem Nachmittag, an dem ich meine Schlange bekommen habe, die ich früher oder später töten und aufspießen werde.

* * *

Ich habe ohne jede Mühe erreicht, dass mich niemand am Handy anruft, dass niemand Nachrichten schickt. Meine Eltern fragen mich von Zeit zu Zeit, wie es mir geht, ich antworte, es gehe mir gut, das ist alles. Als ich beschlossen hatte, den Sommer hier oben zu verbringen, und alles dafür in die Wege geleitet war, teilte ich ihnen meinen Entschluss mit. Mein Vater, der damals seine letzte Chemotherapie hatte, und meine Mutter, deren Augen voll Angst und Hoffnung schimmerten, hießen ihn beruhigt gut. Sie sind noch nicht so alt, zeigen aber schon seit Langem meinen Entschlüssen gegenüber eine ungewöhnliche Gefasstheit. Pass auf dich auf und melde dich, das war alles, was sie sagten. Nur ihretwegen habe ich dieses Handy zur Karaule mitgenommen, und ich bin mir sicher, dass mich niemand sonst anrufen noch mich irgendwer etwas fragen wird.

Ich kannte einen Mann, der auf allen Gebieten, auf denen er etwas versuchte, versagte, am längsten noch hielt er sich in der Redaktion eines Anzeigenblatts als Fotograf. Danach spielte er Gitarre auf einem kleinen Platz in Split, er schlief auf einem Boot im kleinen Hafen. Er starb fast vor Hunger, zumindest waren jene davon überzeugt, die ihn kannten. Ich lernte ihn nach einer Buchpräsentation kennen, er war gekommen, um die Autorin zu fotografieren, wie er sagte, für sein Seelenheil. Er trank Rotwein und hielt sich abseits. Keiner außer mir trat zwischendurch mal zu ihm oder nahm ihn überhaupt zur Kenntnis. Ich weiß nicht, wieso, aber später sah ich ihn jedes Mal, wenn ich nach Split kam. Das eine Mal war er Whitman, auf seinen Schirm gestützt, ein ordentlich gekleideter alter Mann mit weißem Bart, das andere Mal der wilde Jim Morrison, einmal der traurige Céline, ein anderes Mal der wüste Bukowski mit zusammengepressten Kiefern. Ich sah ihn, wie er im Đardin, unter Rezitieren von Tins Versen, eine

Frau durch den Springbrunnen zu tragen versuchte, wie er hinfiel und gemeinsam mit ihr unterging, wie sein sonnengebräuntes Gesicht wieder auftauchte, im November, um Mitternacht. Wie er vor ihr kniete und ihr in die Bluse blies, um sie zu trocknen. Sie lachte, danach flogen sie mit einem einzigen Flügelschlag gen Himmel.

Er sagte zu mir: Wenn du willst, dass etwas aufhört, bleib einfach an einem Ort stehen und tu nichts.

Und ich blieb wirklich an diesem einen Ort stehen.

Dieser besondere Ort war der Schnittpunkt vieler Schicksale und Pläne, vieler Anrufe und Nachrichten, Begegnungen und verlorener Blicke, die Straße, auf der aufdringliche Zeitgenossen vorüberzogen, sozusagen lauter Bekannte von mir. Sie alle, ob männlich oder weiblich, waren mir furchtbar nahe gerückt, über das Display des Handys waren sie plötzlich ein Teil meines Lebens geworden, das es nicht gab und das es nun aus dem Fell eines Esels und dem öden Blick über einen öden Berg neu zu erschaffen gilt.

Ich blieb stehen, weil mein Herz zu einem Kanaldeckel auf dem Zeleni val in Zagreb geworden war.

Ich blieb stehen, weil ich zu viel Kraft in den Armen und zu wenig Luft zum Laufen hatte, weil ich mir meine innere Ruhe und Gelassenheit mit meinem schrecklichen Aktionismus kaputtgemacht hatte.

Vor einem Jahr hörte ich auf, Illusionen zu erzeugen, für jene, die mich kannten, war das eine riskante Entscheidung, für mich nur meine Natur, genauer, das Bedürfnis, sie irgendwo wiederzufinden. Ich hörte auf, Mitteilungen zu schreiben und Leute anzurufen, das Minimum, das mir den Lebensunterhalt gewährleistete, war gesichert, dieses Minimum beschloss ich mir zu erhalten und mich bei Mira rechtzeitig mit einem neuen Skript zu melden. Das war, soweit ich mich jetzt erinnere, alles.

* * *

Die Tage verbringe ich mit Spazier- und Kontrollgängen und dem Organisieren meines Lebens in der Karaule. Gemeinsam mit dem „Auge". Ich warte darauf, dass sich meine Panzerschleiche zeigt, aber sie kommt nicht heraus, ich habe auf der Terrasse ein scharfes Eisen bereitgelegt, ich werde im Sturm angreifen, mit Gebrüll, so habe ich es beschlossen. Ich lebe ruhig, Menschen begegne ich selten, nur dem einen oder anderen Wanderer, einige Male Tomo und Zoe, die ihre Gewehre und mit Fleisch gefüllten Rucksäcke schleppen.

Tomo bietet mir noch einmal eine Waffe an, ich schlage sie wieder aus.

Nachts höre ich das Wühlen der Wildschweine rings um die Karaule, das Schlagen ihrer Hauer, das Hämmern der Elektronik unten im Ort im *Trip Ice*, der Beach Bar, oder an Deck eines Boots, das gerade in den Hafen einläuft. Früh am Morgen, wenn die Luft noch sauber und klar ist, richte ich das „Auge" auf die Riva, auf die Menschen, ich sehe den örtlichen Postboten, wie er zur hinteren Tür der Bäckerei hineingafft, während sich die Verkäuferinnen für die Frühschicht umziehen, er wartet auf ein Stück Fleisch von diesen jungen Mädchen vom Festland. Hier tankt er seinen Brennstoff, dann trägt er mit trockenen Lippen weiter Telegramme zu Todesfällen, Mahnungen an Schuldner und den einen oder anderen Brief aus Amerika aus. Ihm gegenüber empfinde ich einen gewissen Respekt, er ist pünktlich wie der Trieb, zurückhaltend wie der Verstand.

Ich sehe den einen oder anderen Jogger, wie er, die Kopfhörer auf den Ohren, im Rhythmus zuckt, die Touristen kennen wirklich kein Maß, das ist wohl ihr wichtigstes Merkmal. Sie rennen durch frisch aufgehängte Bettwäsche hindurch, springen über zum Trocknen ausgespannte Netze, über Kisten voll Fisch hinweg, zwängen sich zwischen dem Straßenkehrer und seinem Besen hindurch, auf der Jagd nach Gesundheit, nach Sex, ihnen wird in den Kopfhörern alles erklärt, das Land, über das sie laufen, gehört allein ihnen, alle anderen bewegen sich wie Pilze im Moos. Und modern vor sich hin, wohingegen sie ins morgendliche Licht laufen, voller Energie, die sie aus dem Urknall schöpfen, und voller unverhoffter Wärme, die sie am meisten in den Oberschenkeln spüren.

* * *

Heute Morgen hat mir Stanko übers Motorola mitgeteilt, dass es auf dem Festland brennt und dass an die dreißig Mann von ihnen helfen gehen.

– Du wirst mehr oder weniger allein zurückbleiben, sei sehr aufmerksam, wenn du was siehst, ruf sofort die Kommandozentrale an, wir sind nicht da.

– Keine Sorge, Chef, viel Glück.

Ich lege das Motorola weg, nehme das Messer und schneide Brot, zünde das Gas an und stelle eine Pfanne zum Heißwerden auf. Ich habe genug Wasser, alles ist bereit, ich habe meinen Rhythmus gefunden, die Dinge, die mich umgeben, sind, zumindest kommt es mir so vor, an ihrem Platz, Visconti ist in der Nähe, alles ist bereit fürs Losgehen. Ich beschließe, die ganze Zeit, in der sie nicht da sind, auf Kontrollgang zu sein, so ist es sicherer, und auch das „Auge" mitzunehmen. Das Fleisch brutzelt, ich lösche es mit Wein ab, als der verdampft ist, werfe ich ein paar Scheiben Brot drauf, warte, bis sie sich vollgesaugt haben, dann mache ich mir Sandwiches und breche auf.

Ich habe einen Esel als Hund, er folgt mir und wedelt mit dem Schwanz. Wenn ich auf einem Felsplateau stehen bleibe, um Ausschau zu halten, überholt er mich und erschnüffelt den Weg, dann wartet er auf mich.

Ich höre einen Schuss, dann in regelmäßigen Abständen noch zwei. Tomo jagt jetzt auch tagsüber. Als ich ihn das letzte Mal sah, verhielt er sich ganz merkwürdig, er erschien mir irgendwie bedrückt, er hatte zwei Wildschweine erlegt, er hatte sie nicht gehäutet, sondern auf dem Pfad mit um die Mitte gebundenen Stricken hinter sich hergezogen. Später war ihm das lästig geworden, er hatte die Hinterbeine abgetrennt und den Rest am Wegrand, unter einem Busch, zurückgelassen. Als ich am nächsten Morgen dort vorüberkam, sah ich nur ein paar Knochen und Haare, die Geier hatten gefrühstückt, sie werden sich auch um diese Reste kümmern.

Auf der Insel voller Tod gibt es keine Kadaver.

Ich gehe schnell, meine Runde ist groß, falls ich vorhabe, sie mindestens zwei Mal zu machen, ist keine Zeit für lange Pausen. Visconti bleibt an der Schafstränke stehen, um sich satt zu trinken, ich gehe auf die Lichtung und ziehe das „Auge" aus. Alles scheint ruhig zu sein. Es ist zehn Uhr morgens, die Sonne brennt bereits, rings um uns lauern Schlangen und Wildschweine, sie schlafen nicht, sie geben keine Ruhe. Rings um uns sind Menschen, die in ihrer Dummheit Feuer mit sich herumtragen, die Pfadfinder spielen, die Robinson sein wollen und ihren Abfall wegwerfen.

– Komm, weiter – rufe ich Visconti, und wir gehen den schmalen Pfad hinunter, eine morgendliche Brise weht uns ins Gesicht und bringt trockene Frische vom Meer herauf.

Und Brandgeruch.

Feuer!

Ich haste durchs Gestrüpp auf einen Felsen und sehe rund hundert Meter unter mir eine kleine Rauchsäule über einer Lichtung, ich höre Getrommel, ein Hämmern und Schlagen, Stimmen. Ich renne den Weg hinunter und nestle Motorola und Handy aus der Tasche. Kaum ein, zwei Minuten später bin ich zusammen mit dem erschrockenen Visconti zwischen den Menschen, sprinte zum Feuer, das sie angezündet haben, trample es aus und gieße Wasser drüber, das im Rucksack. Die Leute schreien, erst später werde ich sehen, dass es acht Frauen und ein Mann mit Bärtchen und rasiertem Kopf sind. Visconti rennt erschrocken im Kreis, mit aufgestellten Ohren, schließlich steckt er den Kopf in einen Busch und bleibt so stehen. Ich stehe in dem Kreis, den die Leute um mich gebildet haben, ich höre nur Stimmengewirr, Rufe, aber am Ende, als ich zu mir gekommen bin, als ich mich etwas beruhigt habe, werden die Dinge klarer.

Sie sind gekommen, um Naturgeister zu sehen, sie sind trommeln gekommen, um Dämonen auszutreiben, und Feuer haben sie wegen der Räucherstäbchen gemacht.

Aber hier werde ich gefährlich, für sie, und auch für mich selbst. Ich werde wütend wegen so viel menschlicher Dummheit, am wenigsten klar ist mir, was die verdammten Räucherstäbchen im Wald verloren haben, der ganz von allein duftet, dessen Natur so offensichtlich ist.

– Jetzt haben Sie uns die Séance kaputtgemacht – sagt der Mann zu mir.

– Ja, das habe ich, aber Sie dürfen hier kein Feuer machen, das wissen Sie, das wissen alle – antworte ich mit der ruhigsten, sanftesten Stimme, die ich aufbringe.

Zugleich beginne ich mich selbst zu hassen.

Warum habe ich keinen Ast abgebrochen und auf sie eingeprügelt, warum? Woher nehme ich jetzt dieses widerliche Verständnis für solche Idioten? Was ist mit mir los, bin ich überhaupt dazu geschaffen, das zu tun, was ich mir vorgenommen habe, nämlich die Insel vor Bränden zu schützen?

– Wissen wir. Wir hatten vor, es sofort zu löschen. Sehen Sie, wir haben genug Wasser mit, und wir haben es auch in einer Schüssel gemacht, damit wir im Nu alles löschen und die Kohlestückchen einsammeln können.

Mehrere Frauen schluchzen, sie weinen, sie sind gekommen, einen Dämon zu vertreiben, und er ist mit einem großen Esel auf sie herabgefahren und hat unter ihnen gewütet. Sie sind gekommen, um der Natur zu begegnen, und die hat ihnen einen Wilden geschickt, und nicht ihren Segen. Ich blicke mich um, in diese Tränen. Das sind Tränen, die schon oft geflossen sind und die die Frauen lieben.

– Jetzt ist unser ganzer Ausflug ruiniert, wissen Sie, das kostet alles Geld, allein für den Kombi haben wir zweitausend Kuna bezahlt. Heute Abend müssen wir zurück nach Zagreb.

– Sie werden auch zurückkehren, aber kommen Sie doch zuerst zu mir hinauf, auf einen Kaffee. Entschuldigen Sie, oben können Sie Ihre Séance zu Ende führen, falls das noch möglich ist.

– Oh, wieso nicht, eine Séance kann man immer machen – sagt eine jüngere Frau, die erst jetzt ihre Hände aus dem Haar genommen hat. Ich habe sie gleich zu Beginn bemerkt; als ich auf das Feuer zustürmte, hat sie einen stummen Schrei ausgestoßen und ihre Finger in das dichte, dunkel gefärbte Haar gesteckt. Und war so geblieben.

– Dann gehen wir – sagt der Mann.

– Ihr Pferd wird uns nichts tun?

* * *

Sie machen es sich auf der Terrasse und im Haus bequem, verteilen sich in alle Richtungen, und ich bin verblüfft über die Größe der Karaule, über ihren tatsächlichen Umfang. Dabei ist sie ja nur ein Loch, genauer, zwei Löcher im Berg mit einer kleinen Terrasse, voll feuchter Spinnweben, ein trauriger Haufen Beton, den der Regen bei jedem stärkeren Schauer durchdringt. Der Boden ist schmutzig, die Fenster sind verschmiert, und meine Sachen in dieser depressiven Szenerie liegen verstreut umher wie die Habseligkeiten eines Clochards. Ich hätte sie nicht einladen dürfen! Sie bringen Maßstäbe und Vorstellungen mit aus einer Welt, die ich verlassen, aus der ich mich verabschieden wollte, zumindest für diesen Sommer. Ich sehe sie hinabgesunken auf den untersten Grund ihres Grauens. Ihre Gesichtszüge verkrampfen sich fast vor Ekel.

Lebt hier etwa ein Mensch, ruft ihr beredtes Schweigen. Sie nehmen die Tassen und Becher mit dem Kaffee mit jener Portion Altruismus in die Finger, die an die Höflichkeit von Irren grenzt, die ihrem Henker danken. Danach gehen sie sich an der Zisterne das Gesicht waschen, ein bisschen die Beine und Arme vom Staub säubern, den sie auf dem Weg zur Karaule aufgesammelt haben. Ich hole in der Zwischenzeit die paar Brotlaibchen heraus, die ich vor zwei Tagen gebacken habe, mache mehrere Dosen Sardinen auf und stelle alles zusammen auf zwei Tellern auf das wacklige Tischchen. Ich träufle etwas Olivenöl darüber und lade zum Mahl. Aber im Unterschied zur klassischen biblischen Szene stochern sie nur etwas im Angebotenen herum, sie essen nicht, höchstens ein Stück in Öl getunktes Brot. Auch nicht aus Liebe zum Wunder, zu Jesus und seinen fünf Gerstenbroten und zwei Fischen, mit denen er die Fünftausend gespeist hat. Es sind irgendwie graue Gesichter, die keinen Zufall lieben und keine Wunder. Mir drängt sich der Gedanke auf, wie paradox das doch im Grunde ist, denn was außer einer Metapher haben sie denn, wenn sie ihre kleine Trommel schlagen und darauf warten, dass eine Fee sie berührt und ein Dämon wieder verschwindet? Was anderes sehnen sie denn herbei als ein evangelisches Wunder?

Die Séance selber hat keine feste Dramaturgie, sie ist, wie mir Jelena erklärt, einmalig und geht aus einem individuellen Impuls hervor. Nachdem sie aus Munchs Schrei herausgetreten ist und ihre Hände aus dem Haar genommen hat, kommt sie mir schön vor. Und völlig verloren. Was ist ihr Problem? Drogen sind es nicht, ich habe einen unfehlbaren Blick für ehemalige Abhängige, und auch für Gläubige, die ihren Glauben mit Kitsch strapazieren. Was ist ihr Impuls, der sie in diese Gruppe verbrauchter und verletzter Menschen geführt hat, die nur die engelhafte Güte, die feenhafte Anrührung, die Sanftheit des Findens jenes unbestimmten intuitiven Punkts spüren wollen, über den wir dem Universum angehören, ungeachtet der Irrwege und schlechten Signale, die wir mitunter empfangen und aussenden. Ich begreife, dass es hier, neben viel Getue, auch ehrliche Beschwörung von Glück gibt.

Und das erschreckt mich.

* * *

Katarina lernte ich in ihrem Büro kennen, ich brachte ihr Dokumente für das Handelsgericht, das Museum, in dem ich arbeitete, führte irgendeinen Rechtsstreit, und da gerade kein Kurier greifbar war, hatte ich mich angeboten, die Papiere vorbeizubringen. Ich ging während der Arbeitszeit auch gern mal etwas in der Stadt spazieren. Sie saß in ihrem Büro, in einem Ledersessel, und hatte einen Kaktus auf dem Tisch. So einen kleinen, den man ganz leicht vergessen und vertrocknen lassen, an dem man sich aber auch leicht stechen kann. Erst später sollte ich begreifen, dass dieser Kaktus, wäre ich klüger gewesen, durchaus genügt hätte, um mich erkennen zu lassen, wer Katarina Mazur eigentlich ist. Diese kleine Pflanze hätte mich vor der zweijährigen Beziehung und den drei Jahren Ehe bewahren können, in die ich hineinspaziert bin wie Célines Held in der *Reise ans Ende der Nacht* in die Kaserne. Mit einem Lied und Arm in Arm mit einem Freund, enthusiasmiert durch die Pariser Straßen und ihre Menschen. Meine zukünftige Gattin war nämlich eine Frau von gemessenen Bewegungen und kontrollierten Emotionen, die wohlerzogene junge Tochter einer Professorenfamilie. Ihr Leben war in Schubladen eingeteilt, in denen es besondere Fächer für einzelne Lebensbereiche und in diesen Fächern wiederum kleine Abteilungen gab, in denen die besonderen Augenblicke abgelegt wurden, wobei es zu diesen Augenblicken wiederum kleine Fächer für Fotografien, Briefe, Bilder oder Sächelchen gab. All das, all diese Schubladen waren irgendwo dahinter, weit hinter dieser Oberfläche, die gemessen und schön war, dezent und zurückhaltend, ohne jede Spur Verrücktheit, und bewusst verspielt.

Musste ich denn in diese Ehe?

Nein.

Hatte ich Angst?

Ja.

War mir die ganze Zeit über langweilig und wusste ich im Voraus, wie Katarina agieren und was sie sagen würde?

Ja.

Aber das alles war kein Grund, dass diese Ehe zerbrach. Menschen leben so, man kann so leben.

Der einzige, tatsächliche, unverdauliche und erschreckende Grund war Katarinas Entwurf für das Glück, ihr Plan. Sie hatte ihn, und sie war entschlossen, ihn umzusetzen. Sie verfügte über alle Einzelteile dieser Lego-Entscheidung, und auf das Glück brauchte nicht eigens gewartet zu werden. Man konnte mit ihm, um es juristisch auszudrücken, einen Termin vereinbaren.

Deshalb hätte ich wissen müssen, was mir dieser kleine Kaktus signalisieren wollte, was für ein Leben er für mich vorgesehen hatte und was seine wirklichen Intentionen waren. Klein und langlebig zu bleiben, still und anspruchslos, aber die ganze Zeit irgendwo hinter Schale und Stacheln eine Blüte auszubilden, die im gegebenen Augenblick aufbricht, ein Leben von innen zu erschaffen ungeachtet des unveränderlichen Äußeren. Und dann fällt die Blüte ab, und wieder beginnt alles von vorn. Ich bin für so etwas ein ganz und gar unfruchtbares Gefäß mit Sand und Kunstdünger, ich enthalte zu viel Feuchtigkeit und vergesse das Blühen, ich schäme mich sogar meiner Blüten. Jeden Wunsch, der diese Blüte austreiben lassen könnte, entmutige ich bereits in seinem Entstehen. Bis er an meine wichtigeren Stellen gelangt, ist er nicht einmal mehr in Ansätzen vorhanden.

Katarinas Anrufung des Glücks schloss keine Dämonenaustreibung mit ein, wie bei meinen Gästen auf der Karaule. Sie war viel vernünftiger, reiner und selbstredend praktischer. Sie zog selber aus, während ich bei meinen Eltern im Weinberg war. Die Wohnung fand ich in angenehmer Harmonie vor, gelüftet und völlig sauber. Sie hatte diese Ehe längst irgendwohin weggeräumt, verschlossen, begriffen, dass sie tot war und man weiterzugehen hatte.

Und jetzt ruft sie an.

Das Handy klingelt wie verrückt, ich renne von der Zisterne zurück und rufe:

– Katarina, was ist?

– Meine Mutter ist gestorben. Die Beerdigung ist übermorgen auf dem Mirogoj, um drei, komm bitte.

– Ich, also hör mal, es tut mir leid, weißt du, ich bin nicht in Zagreb.

– Ist auch egal – legt sie schluchzend auf und ist weg.

Katarina weint und ruft mich an, die Schubladen sind zerbrochen, die Dinge sind herausgefallen, der goldene Käfig ist geborsten und ein unerträgliches Chaos ist entstanden. Der Kaktus ist umgefallen, aus ihm tropft das schwarze Wasser des Todes und tränkt die Papiere auf dem Tisch, ihre Hose, rinnt die Schenkel hinab bis zu den Knöcheln und tropft auf den Boden. Tropft ohne Rhythmus, ohne Harmonie, die sie retten könnte.

Aus meiner Ruhe gerissen, schlage ich mit dem Beil auf einen alten zernagten Baumstumpf ein, ich versuche die Unruhe, die mich erfasst hat, zu vertreiben, zugleich bin ich wütend über meine Ohnmacht, Katarina irgendwie helfen zu können. Was könnte ich ihr sagen? Vielleicht jene dumme Phrase, dass alles in Ordnung kommen wird. Würde das helfen? Aber was für ein Mensch würde das zu ihr sagen, dieser zerrüttete und verwirrte Mensch, der vor den Menschen weggelaufen ist, weil er sie so schwer erträgt? Was könnte ich ihr geben, das sie aufrichtet, sie aus dem Unglück hebt und stärkt? Welche Ordnung, welche Harmonie, welchen Trost?

Ich bleibe hier, denn ich weiß, dass ich nichts tun kann, außer diesen Baumstumpf zu Spänen zu zerschlagen, das Beil abzustumpfen und mich zum Schluss schweißnass und kraftlos auf die Kiefernnadeln zu legen, neben meinen reglosen Esel. Die Augen zu schließen und irgendwo an der Oberfläche meines Chaos einen schönen Wunsch für Katarina zu finden, Kraft für die Leere der kommenden Tage.

* * *

Das „Auge" macht unruhig. Seine Kraft schmerzt mitunter. Die Freiheit, die sich durch das „Auge" in meinen Kopf ergießt, ist gefährlich. Menschen sitzen auf den Decks ihrer Boote. Sie umarmen sich auf der Riva. Ein Kutter läuft ein, weiß wie ein Ei. Nackte Körper sprießen aus

Flip-Flops. Der Sommer windet sich über Haare voller Salz, über Arme voller Liebe. Das „Auge" ist verdammt, sein Ausschnitt eine Zensur der Realität, eine Wahl des Stils. Sein Ausschnitt ist ein guter Vers. Alles schmerzt mich. Ich muss mich vom „Auge" fernhalten.

* * *

Mehr als einen Monat lebe ich jetzt in der Karaule, wir haben Mitte Juli, bei Nordwind kommt der Lärm aus dem Ort stärker herauf, die Dinge erhitzen sich allmählich, der Sommer nimmt seinen Lauf. Tagtäglich mache ich meine Runden, jeden zweiten Tag melde ich mich bei der Einheit. Noch habe ich keinen Untermieter getötet, Visconti nimmt immer weniger zu sich, er trinkt auch immer weniger, er ist abgemagert, und seine Augen werden größer. Tomo schießt jede Nacht, ich bin ihm noch zweimal begegnet, außer einem Gruß haben wir kein Wort gewechselt. Das Gras ist verdorrt, und obwohl es, seit ich hier bin, ein paarmal gedonnert und geblitzt hat, ist kein Regen gefallen. Alles ist trocken, in den Tümpeln ist nur noch wenig Wasser, an ihren Rändern kriegt der Lehm Sprünge. Ich führe kein Tagebuch, ich habe auch aufgehört, mir Notizen von meinen Kontrollgängen zu machen. Die Runde kenne ich besser als jeden anderen Ort, an dem ich jemals gegangen bin. Die Runde ändert sich mit dem einfallenden Licht, sie schrumpft und dehnt sich aus je nach meiner Müdigkeit oder Viscontis Pausen. Es kommt vor, dass er sich auf einem schwierigeren Abschnitt hinlegt, dann setze ich mich neben ihn auf einen Stein und warte, bis er Kraft fürs Weitergehen gesammelt hat. Ich habe probiert, ihn bei der Karaule anzubinden, meine Runde allein zu machen, aber er hat sich jedes Mal losgerissen und ist mir verängstigt gefolgt.

Wir müssen gehen, so lange wir können, mein Visconti, du dickköpfiger Graf Esel.

* * *

Gestern habe ich gesehen, dass meine Vorräte zur Neige gehen, dass ich kein Mehl und keine Konserven mehr habe. Fleisch ist schon lange keines mehr da, Tomo lebt irgendwie in seiner Kapsel, und ich habe mich nicht getraut, ihn zu fragen. Und er selbst ist nicht auf den Gedanken gekommen. Heute Morgen habe ich über der Karaule, wie um eine kleine Anhöhe herum, drei Geier kreisen sehen, ich habe mir in die Arme gezwickt und festgestellt, dass ich noch lebe und dass sie offensichtlich nicht meinetwegen gekommen sind, ich sitze neben Visconti, der mit dem Schwanz schlägt, also handelt es sich um jemand Dritten. Sie kommen gut fünfzig Meter tiefer, ich schleiche mich näher, um zu sehen, welche Überreste dieses Mal ins Jenseits übersiedeln, genauer, in ihre Nester auf den Klippen. Ein Keiler. Mit einem großen Einschussloch im Rücken. Wahrscheinlich ist er so angeschossen einem Jäger entkommen, einem Anfänger, wie sie auf den

Caféterrassen von Javorna zusammenkommen, um eine nächtliche Jagd zum Zeitvertreib zu verabreden. Das sind die Gefährlichsten. Manchmal habe ich sie durch das Dickicht beobachtet, wie sie dahinschlurfen und nicht selten unter einem Baum stehen bleiben, um ihren Joint fertig zu rauchen. Sie schießen aus Spaß, auf alles, was sich bewegt, auf jedes Rascheln und jedes Knacken geben sie einen oder mehrere Schüsse ab. Wenn sie von der Jagd zurückkommen, gehen sie erst einmal schlafen, anschließend erfinden sie auf einer schattigen Terrasse ihre Geschichten, füllen sich am Abend im *Trip Ice* ab, gehen am nächsten Tag tauchen und schlagen Dattelmuscheln aus dem Stein, um sie für neue Drogen zu verkaufen, und immer so weiter, bis auch der letzte Tourist die Insel verlassen hat. Angst haben sie nur vor Tomo. Da kann keine Droge helfen. Einmal war ich Zeuge, ganz am Rand meiner Runde, wie er zwei von ihnen entwaffnete und sie mit dem Kolben seines Karabiners traktierte und, als sie hinfielen, mit seinen Stiefeln nach ihnen trat. Soweit ich heraushörte, hatte einer von ihnen auf Tomos Hund geschossen, er habe geglaubt, sagte er, es wäre ein Wildschwein. Zum Glück hatte er ihn nicht getroffen, in dem Fall wäre er, da bin ich mir sicher, nicht mit unvergesslichen Prügeln davongekommen.

Die Geier hätten ihn gefressen, genauso wie sie jetzt den Keiler zerfleddern, den einer von denen angeschossen hat.

Seit ich auf der Karaule bin, träume ich nicht mehr von Feuern und werde nicht mehr von dem Blick durch die Gaze verfolgt, auf dem Gehweg vor dem Unfallkrankenhaus. Es gibt keinen Albtraum mehr, in dem mich jemand ruft und an der Hand zieht, in dem mich jemand um Hilfe bittet. Mein Schlaf hat sich beruhigt, genauer, er ist animalisch scheu, leicht, wachsam geworden. In diesem Schlaf ist kein Platz für Träume. Ich bin lebendig, auch wenn ich schlafe, all meine Instinkte sind maximal aktiviert. Ich bin stärker als je zuvor.

Morgen gehe ich in den Ort hinunter, um Lebensmittel zu besorgen, vor fünfundvierzig Tagen bin ich zur Karaule gekommen.

* * *

Es gibt den Augenblick, in dem der sonnenheiße Sommertag umschlägt und der glühenden Sonne gleich ins ferne Meer zu sinken beginnt, dann kann sich der Mensch endlich unbehelligt von der drückenden Gluthitze frei bewegen. In diesem Augenblick, und das ist gegen sechs Uhr am Nachmittag, gehen meine Mutter, mein Bruder und ich mit zwei Taschen beladen aus dem Haus, in der einen ist der Wein, in der zweiten, eingewickelt in mehrere Schichten Alufolie, ein Lammschlegel mit Bratkartoffeln, eine große Plastikschüssel mit Gurken- und Tomatensalat und oben drauf noch eine Backform mit Marmorkuchen.

Zum ersten Mal gehen wir meinen Vater an seinem Arbeitsplatz in der Brotfabrik besuchen. Nachbar Dinko wartet bereits in seinem Fiat auf dem Parkplatz des nahe gelegenen Ladens, vor dem Männer in Badehosen Bier trinken. Es ist das Herz des Sommers, August in der großen Stadt, wir schwimmen auf den weichen Wellen des frischen Asphalts.

Die Brotfabrik liegt am anderen Ende der Stadt, eine große lang gestreckte Halle, wo an einem Ende der Teig geknetet und zu Brotlaiben geformt und gebacken und am anderen Ende das Brot in Körbe gepackt und in Lieferwagen verladen wird, damit es in der Stadt und in der Umgebung ausgeliefert werden kann. Mein Vater ist gelernter Bäcker, er knetet den Teig, er befüllt die großen Mischmaschinen mit Mehl, Salz, Hefe und Wasser, nimmt den fertigen Teig mit den Händen heraus und formt, die ganze Nacht steht er da, Brotlaibe, die der Gehilfe auf ein langes Fließband legt, das in den Ofen mündet.

Wir gehen am Portier vorbei, der uns zunickt, und dann sehen wir schon von der Tür aus unseren Vater, der uns hereinwinkt, er trägt eine weiße Hose und ein kurzärmeliges Hemd, zum ersten Mal sehe ich ihn in Holzpantoffeln, ich hätte nie geglaubt, dass er so was trägt.

Mein Bruder und ich setzen uns schüchtern in der Ecke der Halle auf die gestapelten Mehlsäcke. Jadranko, der Kollege meines Vaters, bringt von irgendwoher einen Tisch und einen Stuhl für meine Mutter, sie stellt so schnell sie kann das Essen ab, packt es aus und deckt den Tisch für das Mahl, sie schenkt sogar den Wein in die Plastikbecher, von denen sie zur Sicherheit ein ganzes Dutzend mitgenommen hat.

– Greift zu, Männer, noch ist es warm.

Die Brotfabrik, zumindest diesen Teil von ihr, erfüllt der Duft von Lammbraten und Zwiebeln. Vater und Jadranko setzen sich auf die Säcke und langen mit Appetit zu, Mutter fordert auch mich und meinen Bruder auf, auch mein Vater ruft uns, aber wir bleiben im Hintergrund, um dieses sonderbare Ereignis und zugleich den Vater in Weiß zu beobachten, seine kräftigen mehlbedeckten Arme, seine Holzpantoffeln, in denen er größer ist als der Vater, den wir kennen.

– Junge, spring mal kurz hin und bring Wasser, dort drüben.

Mein Vater reicht mir eine leere Mineralwasserflasche, und schon lasse ich im Waschraum der Brotfabrik den ersten Strahl lauwarmen Wassers rinnen, zwischen den Spinden der Bäckermeister, durch deren Hände alle Mahlzeiten der Stadt gehen.

Es ist Samstag, morgen wird es keine Brötchen, keine Kipferl, Buchteln und ähnliche Dinge geben, sonntags isst man, im Jahre neunzehnhundertachtzig, in unserer Stadt nur Misch- und Weißbrot. Die Bäcker, außer diejenigen, die Dienst haben, erholen sich, sodass die Fabrik fast leer ist, in diesem Teil des Gebäudes sind nur mein Vater und Jadranko, irgendwo sind auch der Geschäftsführer und noch ein paar Leute, aber hier sind nur die beiden.

Als sie fertig gegessen und getrunken haben, als mein Bruder und ich uns aufgesetzt haben und von den Mehlsäcken heruntergerutscht sind und uns unserem Vater auf den Schoß gesetzt haben, ist dieser Tag, dieser Abend, dieses Schimmern der Augustsonne in unseren Gesichtern zu einem unvergesslichen Erlebnis geworden, zu etwas, das wir all die Jahre des Erwachsenwerdens hindurch als einen Beweis der Liebe, der Nähe und eines kleinen verbotenen Abenteuers mit uns tragen werden.

Es ist kein Zufall, dass wir nie zuvor zu unserem Vater gegangen sind, alle sind auf Urlaub, die Bäckerei ist leer, und wir nützen das aus. Die Mutter macht den Tisch sauber, die Bäcker kehren an ihre Arbeit zurück, und wir bereiten uns langsam auf den Heimweg vor.

– Bleibt, damit ihr mal seht, wie gearbeitet wird – sagt der Vater. – Jungs, wollt ihr?

– Wir haben es nicht eilig, gut – ist die Mutter einverstanden.

Jadranko drückt den roten Schalter über einer der Mischmaschinen, und sie beginnen sich zu drehen, er schleppt Säcke mit Mehl heran, trennt sie auf und leert sie in die riesigen tiefen Kessel, die sich in ihren Lagern drehen und in denen eine mit Löchern versehene Schaufel mit ihrem Drehen zuerst Mehl, Salz und Hefe mischt und dann auch das Wasser, das sie aus Kannen dazugießen.

Als nach ein paar Minuten der Brotteig angerührt ist, neigt mein Vater einen der Kessel, und Jadranko zieht mit etwas, das einer Hacke ähnelt, den Teig aus dem Inneren auf ein breites Brett, das sie jetzt gemeinsam auf den Tisch heben, auf dem sie den Teig mit kleinen Blechschaufeln auseinanderziehen, ihn stückweise auf eine Waage werfen, zu Brotlaiben formen und auf Gestelle schlichten. Sie sind eingespielt, schweigsam und schnell, all diese Bewegungen sind ein Tanz in Holzpantoffeln auf mehlbestreuten Marmorfliesen.

Jadrankos Kopf und Schultern verschwinden in der nächsten Mischmaschine, immer bleibt um die untere Schaufel etwas Teig hängen, den man nicht anders herausbringt, als dass man selber hineintaucht und mit den Händen alles ausräumt.

In dem Augenblick, ich weiß nicht, wie, und ich weiß nicht, warum, fängt plötzlich die Mischmaschine an, sich zu drehen, sie hat sich von selbst eingeschaltet, vermutlich durch Kurzschluss, und aus ihrer Tiefe hört man einen Schrei, einen Fluch, und wieder Schreien und Hilferufe. Mein Vater springt hinzu, drückt auf den Schalter und alles bleibt stehen.

Jadrankos Beine ragen in die Luft, sein Körper steckt bis zur Hüfte in der Mischmaschine, deren Schaufel seinen Arm in den Teig presst.

– Nimm die Kinder mit nach draußen – ruft mein Vater meiner Mutter zu – ich bring das hier schon in Ordnung.

Meine erschrockene Mutter nimmt uns augenblicklich bei der Hand und bringt uns vor das Gebäude, drinnen hören wir den Vater sagen:

– Keine Angst, Jadre, alles kommt in Ordnung, ich zieh dich jetzt heraus, das ist nichts. Verdammte Maschine, wie kann die sich auf einmal einschalten!

Über die Schulter, durch das offene Fenster, sehe ich Jadrankos Beine, wie sie hin und her strampeln, während mein Vater an dem dünnen braunen Riemen zieht, der seine Hose hält. Aber nichts. Der Arm, sicher bereits gebrochen, ist so festgeklemmt, dass es unmöglich ist, ihn herauszuziehen. Man muss die Rettung rufen, die Feuerwehr, denke ich. Aber dann wieder, wie erklären, wer daran schuld ist.

– Junge, komm mal her.

Mein Vater ruft mich von der Tür weg, meine Mutter begleitet mich mit besorgtem Blick, mein Bruder ist in ihrer Umarmung erstarrt. Drinnen stöhnt Jadranko vor Schmerzen.

– Hier, nimm die Schaufel, kriech hinein und grab dich durch, wo der Teig zusammengepresst ist, irgendwie um den Arm herum, weißt du, anders kann ich ihn nicht herausziehen. Schaffst du das?

Ich nicke, entschlossen und zu allem bereit. Ich krieche neben Jadranko hinein, es ist sehr eng, unsere Rücken kleben aneinander, und der Rand der Mischmaschine schneidet mir in den Bauch. Ich kriege kaum Luft, ich habe Angst, trotzdem ertaste ich mit der Hand den verfestigten Klumpen und Jadrankos ungewöhnlich kalten Arm und fange an zu graben. Ich entferne den klebrigen Teig Stück für Stück und werfe ihn mit der anderen Hand durch die kleine Öffnung neben meinem Kopf hinaus. Überall ringsum die Wärme des aufgehenden Teigs, die Feuchtigkeit des Brots, das sich bläht und quillt, Jadrankos Schweiß, mein Schweiß. Und meine Tränen wegen dem Salz in den Augen und wegen der Aufregung, die ich bei dieser Rettungsaktion verspüre. Ich bin schon am Ende meiner Kräfte, ich kriege fast keine Luft mehr, und meine Fäuste verkrampfen sich vor Anstrengung.

Aber noch ein wenig, noch ein wenig, und schließlich rufe ich meinen Vater, er soll mich herausziehen, ich bin fertig. Rasch, aber vorsichtig zieht er mich aus der Mischmaschine, umarmt und küsst mich, drückt mich fest an sich, dann hilft er Jadranko, den Arm herauszuziehen und sich aufzurichten.

Mutter kommt in Tränen in die Halle.

– Komm, Junge, ich will dich ein bisschen abwaschen – sie bringt mich nach hinten und beginnt mich mit einem feuchten Taschentuch, das sie unter dem kalten Wasserstrahl ausspült, abzurubbeln.

In der Zwischenzeit haben sich mein Vater und Jadranko abgesprochen: Sie werden sagen, dass Jadranko ausgerutscht und gestürzt ist, sie werden den Schaden an der Mischmaschine melden und sie nicht mehr benutzen. Jadranko hat das so entschieden, mein Vater ist einverstanden, alles andere würde den Verlust des Arbeitsplatzes, würde eine Strafe bedeuten. Der Arm, den ich aus dem Teig gegraben habe, hängt herunter und schwillt an, Jadranko macht sich langsam fertig, um ins Krankenhaus zu fahren, und wir drei, um nach Hause zu gehen. Mein Vater wird allein dableiben, um die Schicht zu beenden, um alles sauber zu machen und abzuwaschen, um neues Brot zu kneten und es in den Ofen zu schieben.

Der Lammschlegel ist jetzt bereits ferne Vergangenheit, zwischen ihm und dem Abschied vom Vater liegt ein ganzes unvergessliches Drama mit einem glücklichen Ende.

Wir gehen zur Bushaltestelle, leicht bergab, ein sommerlicher Abend bricht an, und seine Frische dringt in unsere Münder, unsere Augen, fällt auf mein Haar, das voll Mehl und Hefe ist. Wir setzen uns auf ein Mäuerchen, neben dem Haltestellenschild, wir müssen lange warten, bis endlich der klapprige orangefarbene Autobus um die Ecke biegt, der uns in unsere Siedlung bringen wird, und essen den Marmorkuchen, der vom Festessen übrig geblieben ist.

Am nächsten Morgen, als wir am Frühstückstisch sitzen, springt Vater, bevor er sich schlafen legt, vom Stuhl auf und umarmt mich und meinen Bruder, plötzlich, unerwartet, am Rande seiner ganz eigenen tiefen trockenen Freudentränen. Er stößt die Glasflasche um, verschüttet den dickflüssigen Orangensirup über die Keramikfliesen unserer Küche und wirft das Brett mit dem geschnitten Brot herunter.

Und meine Mutter ruft voll Freude, voll großer Freude: Gott sei Dank!

* * *

Nachdem ich die Tür verschlossen und die Bretter vor die Fenster gezogen habe, gehe ich langsam und missmutig hinunter. Dieses Ereignis in der Bäckerei ist mir wieder eingefallen, als ich die Brote in den Rucksack packe, als ich an ihnen schnuppere, um zu prüfen, ob die Hefe sauer geworden ist, oder ob sie sich, trotz der Hitze, noch hält. Ich pflege eine unerklärliche Liebe zum Brot und zugleich eine Strenge gegen mich selbst, wenn ich es backe oder austrage. Sie ist, neben der Poesie, eine meiner wenigen ernsthaften Obsessionen. Visconti bekommt seinen Tragsattel, aber ich werde ihn nicht allzu schwer beladen, vielleicht werde ich ihn sogar unterwegs abnehmen, wir werden sehen. Es ist früh am Morgen, und noch ist etwas Feuchtigkeit in der Luft, bald wird alles aufgetrocknet sein, und wie schon so viele wird auch dieser Julitag, wie man bei uns sagt, „auf dem Schwanz der Grille" verbrennen. Bis neun werden wir im Ort sein, dann die Besorgungen, ein Treffen mit Stanko, mit Dino, eine Pause, und am frühen Nachmittag zurück auf den Berg und zur Karaule. Das ist der Plan.

Bald haben wir meine Runde verlassen, wir passieren die Schafstränke, kommen durch den ersten Olivenhain, dann an der Trockenmauer vorüber zur Lichtung, von der wir Tomos Haus sehen, etwas weiter unten, auf der Straße, verführt sein Terrier eine weiße Hündin. Visconti und ich gehen dezent vorüber, die Tourismussaison ist auf ihrem Höhepunkt, und die Hunde müssen diesen Abgrund irgendwie überbrücken, erkläre ich dem Esel.

Noch ein paar Olivenhaine, die Kiefernpflanzung, dann der Beginn der schmalen Asphaltstraße, auf der sich mehrere Panzerschleichen sonnen. Ich nehme einen Stein, um sie aufzuschrecken, aber sie machen keine Anstalten, sich zu entfernen. Ich schreie, aber mein Gott, wer hat mit Anschreien von Schlangen schon Erfolg gehabt. Ich werfe einen zweiten Stein, wieder nichts. Visconti schnaubt ängstlich, er bläst an meine Schulter, als hätte er gerade einen italienischen Viehhändler gesehen, und nicht drei schwarze Panzerschleichen.

Freilich habe auch ich Angst, aber mehr als Angst verspüre ich Ekel, ich laufe hin und zerschmettere einer mit meinem Wanderstock den Kopf, sie wickelt sich um den Stock, fast bis zu meiner Hand hinauf, die anderen fliehen ins Dickicht.

Angewidert und erschrocken werfe ich den Stock weg und warte, dass die Schlange verendet. Wozu habe ich das nötig gehabt, welcher Mensch in mir hat das getan, was ist da in mir erwacht?

Es ist schnell vorüber, ich schüttle sie ab und gehe weiter, nach ein paar Sekunden wird sie von einer Möwe im Gleitflug über den Campingplatz davongetragen.

Ich binde Visconti im Schatten von Stankos Hof an, gebe ihm Wasser und ein paar Maiskolben, wie erwartet versteht er alles, ich weiß, er wird sich nicht losreißen, sondern mich ausgeruht und frisch für die Rückkehr in unsere wohnliche Wildnis erwarten.

Wir parken die *freza* hinter dem Gemeindehaus und marschieren schnurstracks auf die Riva.

– Erst einmal trinken wir ein Bier – sage ich – das, mein lieber Stanko, fehlt mir oben doch ein wenig.

Wir setzen uns auf eine besondere Terrasse, die einzige, auf der die einheimischen Männer sitzen, die Frauen setzen sich egal wohin, das habe ich mit meinem „Auge" natürlich längst herausgefunden.

Hier auf der Terrasse sitzt jetzt ein knappes Dutzend Männer an drei Tischen, Stanko und ich setzen uns an den vierten, bald kommt auch Dino, wir zelebrieren, wie Delerm so schön sagt: den ersten Schluck Bier und andere kleine Freuden. Die Kellnerinnen sind zwei Studentinnen aus Novska, genauer, sie waren es, bis sie vor zwanzig Jahren geheiratet, insgesamt sechs Kinder geboren und in gewisser Weise den Ort gerettet haben, erzählt mir Stanko.

– Sie haben sich zwei Brüder genommen, Seeleute. Was gibt es Besseres – sagt Dino.

Wir verstauen die Lebensmittel in zwei große Jutesäcke und laden sie in die *freza*. Es ist Zeit fürs Mittagessen, ich gehe mit zu Stanko, seine Frau hat mich heute Morgen eingeladen, sie wird Oktopus und Kartoffeln braten, und dann nimmst du auch Wein mit hinauf, du kannst nicht nur dieses Regenwasser trinken, sagt sie.

Von den Menschen, die ich durch mein „Auge" kennengelernt habe, begegnen mir der Postbote, ein recht loser Vogel, denke ich, und der Eismann mit seinem traurigen Geheimnis aus Zucker und Wasser. Ich sehe auch Zoe mit einem großen Veilchen unter dem Auge und einem Arm in Gips.

– Was ist passiert?
– Nichts – antwortet er grimmig. – Erfährst es schon noch.

Zu Mittag verspeisen wir fünf, Stanko, seine Frau, die Tochter, der kleine Hrvoje und ich, den riesigen Oktopus, der kaum unter der gusseisernen Peka Platz hat, die Stanko seinerzeit aus dem Kampfgebiet mitgebracht hat. Er hat sie einem alten Mann abgekauft, einem Schmied, der in einem serbischen Dorf allein zurückgeblieben war. Er war ganz allein, erklärt Stanko, nicht verheiratet, aber er war auf der Welt.

Wir erzählen, trinken Bevanda, machen Scherze. Machen Scherze, füttern den Kleinen, überessen uns. Machen uns gegenseitig Komplimente. Frotzeln einander. Trinken, machen Scherze. Und dann beladen wir den Esel und verabschieden uns. Es ist fünf Uhr am Nachmittag, und die Sommerhitze lässt jeden Schritt, den Visconti und ich machen, dahinschmelzen.

Aber vor Einbruch der Nacht müssen wir bei der Karaule sein.

Wir gehen rasch an der Garage der Freiwilligen Feuerwehr, an den Land Rovern, am Sandhaufen vorüber, weiter durch die Olivenhaine und die Straße entlang Richtung Tomos Haus. Wir finden ihn beim Zurückschneiden des Gestrüpps an der Straße, er ist ganz blutig auf der Brust, er schlägt mit der Hippe wütend auf die Dornen ein, er achtet nicht darauf, nach welcher Seite ein Zweig abknickt, wie er fällt. Jetzt steht er vor uns im zerrissenen blutigen Unterhemd, lacht, lädt uns auf Wein und Würste ein.

Im Hof, unter dem Maulbeerbaum, warte ich, dass Tomo Wein aus dem Keller bringt, ich sehe mich um, sehe zum Grill, wo das Feuer schwelt, auf dem wir die Würste braten werden. Er ruft mich, und ich stehe auf, ich spüre eine starke Müdigkeit in den Beinen. Der Raum, den ich jetzt betrete, ist einer der unglaublichsten Orte, an denen ich mich je befunden habe.

Er ist groß, hoch, dunkel, fast zur Gänze in die Erde eingelassen, von seiner Decke hängen meterweise Würste und Dörrfleisch, die Wände sind übersät mit Fotos vom Krieg und mit Jagdtrophäen. Keilerköpfe, Marder, Fasane, auch eine Wildkatze ist darunter, das Fell ist abgescheuert, eines ihrer Plastikaugen ist herausgefallen, mit dem anderen beäugt sie mich und Tomo, der gerade einen der beiden Schränke öffnet, in denen er die Waffen aufbewahrt. Er braucht ein Messer, um die Würste herunterzuschneiden.

Ich sehe mehrere Schrotflinten, zwei Karabiner, eine „Argentinka", sogar eine alte Zastava M48, eine Pumpgun mit abgesägtem Lauf, auf dem Regal darüber Tarnjacken, Hemden, Hosen und Schachteln mit Munition. Auf dem Regal darunter mehrere Revolver und mindestens zehn Messer im Futteral. In der Mitte des Raums stehen mehrere Holzfässer, und neben dem Schrank eine große Truhe für Fleisch. Davon gibt es drei, drinnen eine ganze Wildschweinrotte.

– Mein Vater war ein richtiger Jäger, das sind alles seine Trophäen.

Tomo hat einen Armvoll Würste heruntergeschnitten, den Schrank abgeschlossen und ist hinausgegangen, während ich noch drinnen bleibe, um mir die Bilder vom Krieg anzusehen. Hier gibt es alles Mögliche, Tomo wiegt auf den Fotos zwanzig Kilo weniger, ist immer am Lächeln, wirkt fröhlich, sogar unter der Tarnfarbe lacht er, wie ein Mann, den der Krieg gerettet hat.

Der Geruch von gebratenem Fleisch lockt mich an die Oberfläche, ich verlasse den Keller, habe den Ort, an dem es weder Leben noch Tod gibt oder sie zumindest nicht klar geschieden sind, hoffentlich für immer verlassen.

Tomos Keller, das ist sein wahres unterirdisches Abbild. Seine überdeutliche, finstere, einsame Diagnose.

Er hat inzwischen ein großes Feuer gemacht, das schnell heruntergebrannt ist, hat alle Würste auf den schweren Rost gelegt und ist jetzt dabei, sie langsam von rechts nach links zu wenden. Ich sitze im Schatten und versuche ein paarmal ein Gespräch anzufangen, hauptsächlich wegen dem unguten Gefühl, dass mich jemand hätscheln und füttern will, aber es gelingt mir nicht. Tomo starrt abwesend und zugleich konzentriert auf die Würste und das Feuer und die Details dieses Brutzelns und Wendens. Ich esse meine Portion, den Rest, mehrere Kilo Würste, fünf Liter Wein und einen Liter Kräuterschnaps, packt Tomo dem Esel auf.

Wir brechen auf, vielleicht zu spät, zur Karaule, heim.

Schon nach gut fünfzehn Minuten Steigung bleibt der Esel stehen, tritt noch unter eine Eiche und knickt fast ein. Das wird ein langer und ungewisser Aufstieg. Am blauen Himmel zeigt sich das volle Rund des Monds. Touristen kommen uns entgegen, sie kehren von der Isidor-Kapelle zurück, immer wieder sind wir Objekt ihrer Handys und Fotoapparate. Ich sitze neben Visconti und weiß nicht, wie ich mich verhalten soll. Was wollen sie mit dem Foto eines gewöhnlichen Mannes mit Esel? Sind sie deswegen aus ihrem Rosenheim und Domžale, Padua und Posen gekommen? Wenn ja, ist das ein erbärmlicher Weg in den reinen Nihilismus.

Ich raffe mich auf, als die Nacht schon erblaut ist und die Wipfel der Olivenbäume in einem ganz eigenen, an Gethsemane gemahnenden Licht schimmern. Ich stemme mich an Visconti hoch, der noch immer reglos und stumm dasteht. Mit der Hand stoße ich an das fettige Papierbündel mit den Würsten, das geronnene Fett tropft auf meine Sandalen, jetzt werde ich auch noch rutschen, ich muss das vor dem Aufstieg abwaschen. Ich suche auf Viscontis Rücken nach Wasser, etwas Metallisches fällt auf die Steine, ich richte die Taschenlampe darauf und sehe auf dem Boden eine schwarze, vom Schweinetalg fettige Pistole. Unmittelbar darauf fällt aus den Würsten auch das Magazin mit den Patronen heraus. Ich nehme das Ding in die Hand und will es schon ins Dickicht schleudern, um es nie wiederzusehen. Aber die Touristen und ihre jede Vernunft übersteigende Neugier würden die Pistole früher oder später doch finden.

Soll ich sie vergraben?

So fettig und riechend würde ein Tier sie ausgraben, das geht also auch nicht. Und dass ich sie mitnehme und ein bisschen Schießen übe wie die gelangweilten amerikanischen Faschisten? Das ist schon eine bessere Idee, aber dazu habe ich nicht die Nerven.

Ich lege die Pistole von einer Hand in die andere und lese, durch den schimmernden Schweinetalg hindurch, auf ihrem festen schwarzen Korpus hinter drei Pfeilen auf dem Kolben – *Beretta*.

Tomos Geschenk. Offensichtlich hat er sich auf seine wortkarge und geheimnistuerische Art Sorgen um mich gemacht.

Nur zu behaupten, dass er ein Waffennarr ist, wäre zu banal. Irgendwie ist ihm die Grenze zwischen Leben und Tod abhandengekommen, ohne selbst zu wissen, ob er den Krieg überlebt hat oder ob er irgendwo aus einer feindlichen Stellung heraus von einer Salve zerfetzt wurde. Tomo fällt es leichter zu töten als zu leben, leichter wach, gespannt und bereit zu sein, als zu schlafen, als zu ruhen. In ihm ist der Krieg noch immer lebendig, irgendwie verschmolzen mit der Verzweiflung über die zertrümmerte Welt und der verlorenen Hoffnung auf das Morgen.

Ich stecke die Pistole in den Gürtel und gehe den Berg an, Visconti ist bereits ins Biblische abgetaucht, durch den Olivenhain.

* * *

Ich war nicht auf der Beerdigung von Katarinas Mutter, Frau Neva musste ohne meine Teilnahme an der Prozession in die andere Welt hinüberwechseln. Katarina hat sich in der Zwischenzeit sicherlich gefasst und die Dinge an ihren Platz gestellt, das hoffe ich zumindest. Menschen, die ihre eigene Welt aus derart solidem Material bauen, wie Katarina Mazur es zu tun glaubte, ertragen es schwer, wenn diese Welt einen Sprung kriegt. Mir, der ich auf dem Gipfel eines Bergs stehe und versuche, das bleiche Antlitz des nächtlichen Monds in ein Spinnennetz zu fangen, das Auge an das hinterste Ende der weiten See rollen zu lassen, oder einem alten Esel die Nacht zu retten, steht solch ein Sprung ziemlich gut. Ich denke an nichts Bleibendes, an nichts Festes und Widerständiges gegen eine so häufige Erscheinung wie den Tod. Gleichzeitig graut es mich vor so vielen Dingen, auch vor jener armseligen Formel des *carpe diem*. Ich lebe irgendwo im Dazwischen, im Glauben, dass es einen Sinn des Lebens gibt, obwohl ich ihn nicht gefunden habe. So wie jene Menschen, die an die Existenz Gottes glauben, obwohl sie dafür keinen Beweis erbringen können außer dem eigenen Glauben. Ich zum Beispiel glaube, dass Gott existiert, aber mit speziellen Arbeitszeiten. So erkläre ich mir seine Versäumnisse und seine Gleichgültigkeit in bestimmten Augenblicken der Geschichte. Er war gerade anderwärts beschäftigt.

* * *

Immer öfter begegne ich auf oder abseits meiner Runde Touristen, der Sommer ist auf seinem Höhepunkt, gestern zum Beispiel bin ich aus dem Dickicht mitten in eine Gruppe japanischer Touristen geplatzt, die so erschraken, dass sie ganz merkwürdig zu schreien begannen und in der nächsten Sekunde schon ihre Objektive hoben und mich bis auf die Unterhose entwaffneten. Sie schossen wohl an die tausend Fotos, ich wurde zu ihrem *samurai arigato* der Erinnerung. Sie waren auf dem Weg zur Isidor-

Kapelle, oben wollten sie ein paar Fotos von der Insel machen, und dann zurück. Ein paar Tage zuvor hatten sich zwei junge Polen verirrt, stundenlang waren sie im Kreis um eine Schafstränke herumgelaufen. Ich fand sie, wie sie sich in Tränen aufgelöst an dem abgestandenen Wasser mit Küssen trösteten. Ich brachte sie zu dem Pfad, der auf den Gipfel führt, und zeigte ihnen die Richtung, aber sie wollten nicht mehr hinauf, sie wollten zurück in die Sicherheit ihres Bungalows und die Schönheit des Urlaubs am Meer. Ich verstand sie, obwohl der junge Mann die ganze Zeit wie am Boden zerstört war, am Rande eines Kollapses. Er war Polens Vizemeister im Bodybuilding, schwer und voller Steroide, er hatte seine Muskelberge kaum auf diese Höhe bringen können, mehr ging nicht, er hatte bereits, wie er sagte, vier Red Bull getrunken, aber es geht nicht, ich weiß nicht, warum, sagte er.

Mein Blick begleitete sie den Abhang hinab, der Drache auf seinem Schulterblatt zeigte mir schwankend die Zunge und stieß ein wenig Rauch aus.

* * *

Es ist Ende Juli, in ein paar Tagen kommen die Veteranen zur Karaule, Einheimische. Sie wollen die Befreiung des Landes feiern, den Tag der vaterländischen Dankbarkeit, und den symbolischen Schuss abfeuern. Den wird klarerweise Tomo aus seiner Argentinka abgeben, als Kämpfer mit der längsten Dienstzeit, mit den schwersten Geländeabschnitten, den meisten Verwundungen und den meisten Granatsplittern im Körper.

Ich muss die Karaule ein wenig vorbereiten, sauber machen, aufräumen, in einer der Schubladen hat sich auch eine Fahne angefunden, die muss ich auf der kleinen Stange neben der Zisterne aufziehen. Ich freue mich auf den Besuch, ich möchte, dass die Geschichten, die über mich auf der Riva und den Terrassen umlaufen, auch ein wenig zu mir kommen. Mir ist egal, was für welche, soll sich jeder ruhig mit diesem Sonderling beschäftigen, der sich selbst angeboten hat, hier oben drei Monate zu vertun.

Eines der Skripts, die ich Mira bereits geschickt habe, handelt vom Leben und Werk Jack Kerouacs, des schönen Trunkenbolds, der aus seiner Depression anständig Kapital geschlagen, sich aber an seinem Bedürfnis nach Einsamkeit auch vergiftet hat. Mit einer Art milder Anteilnahme habe ich meine Sätze über einen Mann verfasst, der in seinem Leben nur Anfänge gesetzt und weder ans Warten noch an Dauer geglaubt hat. Den sie am Ende fast totgeschlagen haben und der auf einen Berg stieg, auf dem er, wenn ich mich nicht irre, neun Wochen blieb und von dem er abhängiger, betrunkener und trauriger zurückkam, als er hinaufgestiegen war. Er hatte den Ort vor Feuer beschützt, er hatte sich selber gemeldet, weil er dachte, dass er dort oben den Frieden finden würde, den er nie gehabt hatte. Er ging mit seiner allzu dünnen blassen Haut an die Sonne, auf den Gipfel der Welt, näher zu Gott und zu

Buddha, auf dem Dach seiner Hütte sagte er ihnen seine Verse auf, schrie sie in den Himmel, aber niemand nahm ihn ernst. Dort oben, zwischen den Menschen und der tiefen Leere des Weltalls, an einem Ort, wo man in Liebe zu seinem Gott entbrennen oder ihn verleugnen sollte, saß er nur da und sah die Hügel hinab, nach allen Seiten der Welt. Betrunken vom Whisky und betäubt von Medikamenten, wartete er auf Gnade, auf seinen Engel, auf den heilenden Zufall.

Er war reglos, aber im Strudel. Diesen Fehler will ich nicht wiederholen. Ich renne über den Berg, ich bin stärker und geschmeidiger als je zuvor. Ich rieche die Wildschweine auf fünfzig Meter, ich höre die Menschen, die sich am Fuß des Bergs auf den Weg zum Gipfel machen.

* * *

Es hat noch nicht richtig getagt, noch liege ich auf meinem Bett auf der Terrasse, als mir etwas einschießt, eine böse Vorahnung. Ich klettere auf das Dach der Karaule und richte mein „Auge" auf den am weitesten entfernten Punkt der Insel, auf die Anhöhe oberhalb von Kraj. Ich ziehe ihn heran, prüfe auch alles auf der anderen Seite. Die Insel, genauer, ihr menschlicher Teil, schläft, alles andere ist schon lange wach, ist immer wach. Zuerst als Nebelstreif, aber schon nach wenigen Augenblicken als reales Schreckensbild, sehe ich in der Ferne drei schmale Rauchsäulen, und dann im gleichen Abstand eine vierte. An den

Hängen über Kraj brennt es! Ich schreie ins Motorola, ich schlage Alarm.

Ich stopfe die notwendigsten Sachen in die Tasche, nehme Wasser, haste den Steilhang zum ersten Pfad hinunter und laufe in Richtung Rauchsäulen. Sie sind nicht so nah, vielleicht habe ich eine oder zwei Stunden zu laufen. In der Zwischenzeit werde ich hören, wie unten die Sirene auf dem Löschwagen aufheult, wie sich die Leute zurufen, während sie sich für den Einsatz vorbereiten.

Visconti versucht mit mir Schritt zu halten, aber er kann nicht, er bleibt zurück. Ich denke, dass es so besser ist, wir werden einander auf dem Rückweg treffen.

Jener Teil der Insel ist größtenteils trocken, Gras und dürres Gestrüpp, nur vereinzelt ein Baum. Zum Glück gibt es dort keine Kiefern mit ihren Zapfen, die in den Flammen wie brennende Projektile oft mehr als hundert Meter weit fliegen und den Wald in Brand setzen. Diese Zapfen habe ich unzählige Male geträumt, in ihrem ziellosen Flug prallen sie gegen meine Brust und werfen mich um, fallen mir auf die Zunge und dringen mir in den Leib.

Plötzlich kommt mir vor, als würde ich wie verrückt die Draškovićeva hinunterlaufen, die Leute an den Straßenbahnhaltestellen umrennen und in dem Moment vor dem Unfallkrankenhaus ankommen, in dem unter Sirenen und rotierenden Blinklichtern die Türen der Krankenwagen aufgehen und die verbrannten Feuerwehrmänner von den

Kornaten herausgezogen werden. So ist es ja auch gewesen, aber jetzt, während ich zu meinem ersten Brand laufe, während um mich herum die Steine wegschnellen und sich die Wildschafe und Panzerschleichen ins Dickicht verziehen, kann ich Traum und Realität nicht auseinanderhalten. Ich laufe durch das Feuer, auf das Feuer zu. Ich lodere und lösche zugleich. Ich laufe und presse die Augen zusammen, ich sehe durch die Gaze hindurch den Jungen, ich rufe: Hab keine Angst, hab keine Angst, hab keine Angst. Plötzlich gewinnt der Albtraum die Oberhand über meine Schritte und ich bleibe stehen, ich begreife, dass mir das im Gürtel steckende Beil einen gehörigen Schnitt in den Schenkel zugefügt hat, das ganze Bein ist blutig. Ich reiße das Hemd in Stücke und verbinde alles von der Hüfte bis zum Knie, beschämt, kopflos, aber irgendwie über mir stehend, mit klarerem Reflex in dem trüben Wasser des Tümpels, in dem ich mich wasche.

Ich setze mich auf eine Steinplatte, über dem Meer sehe ich einen Hubschrauber, der in Richtung Insel fliegt, seine Rotorblätter drehen sich gleichmäßig, und als er näher kommt, schreie ich in den Lärm hinein, ziehe das Unglück aus jeder meiner Zellen, aus jedem Gewebe- oder Knochenstück heraus, in die Kehle, hinaus, in die Luft. Ich schreie wie ein Mensch, der sich frei gemacht hat, in dem gerade eine gespenstische Stadt zusammenbricht und sich ein leerer reiner Raum öffnet, über dem sich dieser Mensch aufrichtet.

Ich springe auf, sammle rasch meine Sachen zusammen und laufe weiter. Dieses Mal mit offenen Augen, mir jedes meiner Schritte bewusst, die sich schon bald mit kurzen und langen Sprüngen abwechseln.

Bis ich zur Brandstätte komme, ist schon alles vorüber. Stanko hat mich übers Motorola über alles informiert: Es handelt sich um einen lokalen Pyromanen, einen Idioten, den sie bereits abgeführt haben.

Auch dieses Mal hat er sich mit seiner Frau gestritten, hat die gemeinsame Siamkatze an den Hinterbeinen gepackt und sie ihr ein paarmal ins Gesicht geschlagen. Die erschrockene Katze hat in ihrer Pein die Frau, eine Professorin an der Schiffsbaumittelschule, fürchterlich zerkratzt, sogar gebissen. Als der Mann ein bisschen nachließ, sei es aus Befriedigung, sei es aus Betrunkenheit, war sie aus dem Haus gelaufen. Schreiend und um Hilfe rufend war sie die Straße hinuntergerannt und hatte den ganzen Ort geweckt. Um sich an ihr zu rächen und auch um allen zu zeigen, dass er der Stärkere sei, dass ihm niemand etwas anhaben könne, war dieser Verrückte mit einer Zeitung in der Hand und einer Flasche Verdünner losmarschiert, um den Wald in Brand zu setzen. Er habe, erklärte er, ganz Kraj anzünden wollen, um das Problem ein für alle Mal zu lösen.

Ich halte mich kurz bei den Feuerwehrmännern auf, einige von ihnen gratulieren mir, aber ich bleibe distanziert und unzufrieden. Immer wieder macht mir die Erkenntnis zu schaffen, dass es so viele Verrückte gibt, dass sie sich hier unter uns befinden und wir auf eine elendige Weise von ihnen abhängig sind. Was soll man mit so einem Typ machen?

Als ich jetzt langsam zur Karaule zurückkehre, überkommt mich ein Gefühl der Befriedigung wie ein sommerlicher Regenguss. Meine Wachsamkeit freut mich, das Gefühl, dass mein Ohr Dinge von innen hört, dass meine Augen unter den Lidern sehen, dass mein Herz verhängnisvolle Dinge ahnt und vorausspürt.

Visconti erwartet mich unter seiner Kiefer bei der Karaule, er liegt da, ich muss ihm aufhelfen.

Ich gehe in die Karaule und werfe eine ganze Tonne Müdigkeit von mir ab, ich nehme den Verband ab, ziehe mich nackt aus und gehe zur Zisterne, auf die bereits die Sonne herniederbrennt. Ich werde ein Bad nehmen. Ich gieße mir zwei Kanister Wasser über den Kopf. Dann seife ich mich, im Schatten stehend, lange ein. Bis die Schaumblasen unter den Achseln zu prickeln beginnen.

* * *

Alle paar Tage ist Brotbacken angesagt. Es werden kleine längliche Brotlaibe, die ich in Beutel stecke, über den Berg trage und sie an Menschen verteile, denen ich unterwegs begegne. Ich sehe ihnen einige Augenblicke oder Minuten aus dem Dickicht zu, beobachte ihr Verhalten, sehe die Leiden ihres Aufstiegs, die Freude des Lebens. Dann entscheide ich, ob ich vor sie hinaustrete oder ob ich mich zurückziehe, ohne dass sie wissen, dass ich nahe bin, sehr nahe. Mit der Zeit habe ich den Berg kennengelernt, vor allem die Welt innerhalb meiner Runde, ich kenne jeden Stein, jeden Zweig, jedes ihrer Geschöpfe. Die Schlangen haben meine Runde verlassen, sie sind tiefer hinunter zu den Tümpeln, in denen noch Wasser ist, dafür kommen wegen der immer mehr werdenden Menschen am Fuß des Bergs die Wildschweine weiter herauf, zu mir. Immer öfter trage ich die Pistole, die mir Tomo heimlich zwischen die Würste gesteckt hat, im Gürtel. Immer öfter habe ich das Bedürfnis, auf ein Wildschaf oder ein Wildschwein zu schießen. Aber ich tue es nicht. Das tun, nach der Anzahl der Geier zu urteilen, die täglich über meinem Kopf kreisen, andere.

Die Nächte auf dem Berg gehören den Jägern, Schüsse sind allerdings nur selten zu hören. Sie haben sich zu den Nachtsichtgeräten längst auch solide Schalldämpfer angeschafft, jetzt können sie sie der Reihe nach aus der Rotte erlegen, die Wildschweine fallen einfach um, die Rotte bleibt am Ort und wartet, im Schlamm der schon ausgetrockneten Tümpel wühlend, auf ihre lautlos heranfliegende Kugel. Überall auf dem Berg finde ich weggeworfene Felle, Köpfe, Klauen und Schwänze. Allerdings ist das alles nach ein, zwei Tagen in die Nester auf den Klippen verschwunden, auf der anderen Seite der Insel, wo die Piraten und Kyklopen hausen, die Amazonen und ihre glänzenden Willkommensgrüße für den einen oder anderen lahmen Odysseus oder eine sündige Verwandte Poseidons.

Ich backe also Brot, nehme es und verteile es auf dem Berg, und das Weiß und die Reinheit des Mehls in meinen Händen retten meine Seele vor dem Töten. Auf welche Weise, weiß ich nicht, es ist nicht meine Absicht, alles zu klären und alles zu erfahren.

Meine Absicht ist es, gut zu sein und dabei nichts Böses zu tun.

* * *

Jerolim Martinčić, genannt Jere, ist an diesem frühen Morgen, nach einer ganznächtigen Partie Poker, bei der er auch die letzten beiden Tische in seinem Restaurant verloren hat, betrunken und wütend, nachdem er die Tür mit dem Fuß aufgestoßen hat, in sein Haus in der Straße neben der Kirche zurückgekehrt. Seine Frau und sein einziger Sohn schlafen noch, während er im Flur steht und verrückt, wie er ist, überlegt, was er jetzt tun wird.

Schon seit Jahren spielt und trinkt er, trinkt und spielt. Er hat alles verloren, was er verlieren konnte, Grundstücke am Meer, das halbe Elternhaus, die Wohnung in der Stadt auf dem Festland. Jetzt hat er auch sein Restaurant verloren, das *Galeb* gehört seit heute Nacht den Brüdern, die das *Trip Ice* besitzen. Jere wird freilich weiterarbeiten, aber die Einnahmen gehen komplett an sie. Sie haben ihn auf die leichtestmögliche Weise geködert, zuerst haben sie ihm bei einer Partie mit gezinkten Karten erlaubt, einen Teil des Restaurants zurückzugewinnen, und dann haben sie, gegen Morgen, zugeschlagen. Er ist ohne alles geblieben, allein. Seine Frau und sein Sohn reden schon lange nicht mehr mit ihm, sein Bruder hat ihn für immer gestrichen.

Dieser Idiot, mein Bruder, hat er gedacht und in seinen Räuschen auch immer gesagt, ist der dümmste Keiler auf der Welt! Er hat fünf Jahre lang gekämpft, und was hat er davon, nur Granatsplitter!

Tomo hört ihn nicht, ihn ekelt längst vor dem eigenen Bruder.

Jere geht in das Schlafzimmer, wo seine Frau am Schrankspiegel steht, vor Angst stumm, hält sie sich das zusammengeknüllte Betttuch vors Gesicht. Jere schlägt sie wortlos mit der Hand und tritt sie, als sie stürzt, mit den Füßen. Aus dem Nebenzimmer kommt ihr Sohn gelaufen und versucht den Vater wegzuschieben, der umklammert mit den Händen seinen Hals und beginnt ihn zu würgen. Aber dann lässt er ihn los, und Zoe kann in sein Zimmer flüchten, und taumelnd, nach Luft ringend, wobei der eingegipste Arm gegen den Türstock schlägt, ruft der Junge:

– Das letzte Mal hast du mir den Arm gebrochen, jetzt hast du mich fast erwürgt, aber das wirst du nicht länger tun, nicht länger.

Aus dem Bett holt er den Colt, den er vor ein paar Tagen seinem Onkel entwendet hat. Er legt den schweren Lauf auf den Gips, genau über den mit rotem Filzstift geschriebenen Namen Renata. Er steht da und wartet, um zu sehen, was sein Vater jetzt tun wird. Jere nimmt den Stuhl und zerschlägt damit den Spiegel am Schrank, er schlägt auf die Lampe und den Nachttisch ein, dann holt er aus zum Kopf seiner ihm gesetzlich angetrauten Ehefrau, die sich wimmernd auf dem Boden krümmt. Er trifft sie noch am Rücken, sie ist unters Bett gekrochen, dann dreht er sich wütend zu seinem Sohn um und brüllt, dass er sie alle umbringen wird und dass sie an allem schuld sind.

Zoe feuert drei Kugeln ab, erst die letzte trifft in Jeres Herz, die ersten beiden landen in seiner zirrhotischen Leber, überall ist Blut.

Die Nachricht von dem Geschehen gelangt in unerklärlicher, blitzartiger Geschwindigkeit zu Tomos Haus in der Einöde. Es ist früh am Morgen, die Sonne beginnt gerade erst aufzuflammen, während sich Tomo für das vorbereitet, was schon seit Jahren auf ihm lastet. Er zieht die Uniform an, knöpft aber das Hemd nicht zu, er streift nur die Ärmel hoch, hängt sich den Rosenkranz um den Hals und schreibt mit einem dicken Zimmermannsblei auf einem Stück fettigen Papiers sein Testament.

So findet ihn Stanko. Er sitzt auf dem Boden, in seinem Keller, zwischen den Würsten und dem Fleisch, an die Truhe gelehnt, sein durchschossener Kopf ist ihm auf das Sturmgewehr gesunken, das er auch im Tod fest und vorschriftsmäßig hält.

Ich konnte nicht mehr, ich hinterlasse alles Zoe, meinem Neffen.

Es ist Samstag, der dritte August, der große Schichtwechsel der Touristen auf der Insel.

* * *

Ich bin gerade dabei, mich unter einer Kiefer zu rasieren, als das Motorola ertönt. Ich drücke es in den Schaum, höre Stanko weinen. Aber er sammelt sich rasch, erzählt mir alles detailliert, manchmal ringt er nach Luft, nach Kraft zwischen den Schluchzern.

Am Ende sagt er:
– Schreib auf, die Beerdigung von Jere ist am sechsten, und die von Tomo am fünften, beide um elf Uhr.

Ich grüße Stanko, beende auf die Schnelle meine Rasur und mache mich auf zu meiner Runde, die ganze Zeit darauf wartend, einen Schuss zu hören, ein Brüllen, einen Sturz, Schritte. Ich habe Tomo als Letzter gesehen, ich hätte diesen Tod sehen müssen. Seinen Bruder habe ich nicht gekannt, ich habe auch nie etwas über ihn gehört. Javorna hat sein Problem in gebührendem Abstand vergraben und gehütet, weit weg von dem Fremden. Später erfahre ich, dass der Untergang der Familie Martinčić hier keine Ausnahme bildet. Die Insel zerfällt von innen. Auf die Generation, die Oliven züchtete, zur See fuhr und Fische fing, ist eine Generation gefolgt, die in den Büros der Insel arbeitet, trinkt, zur See fährt und Fische fängt, die beginnt, Apartments zu bauen, Bauland zu verkaufen, aber die, die Apartments vermieten und Bauland verkaufen, nehmen Drogen, töten Wildschweine oder warten nur. Sie sitzen da und warten, dass die Älteren wegsterben, damit sie ihre Schulden und Probleme gelöst kriegen, den Flickenteppich aus einstigen Weingärten und Olivenhainen, Viehweiden und Wäldern losschlagen und sich einen Jeep kaufen und endlich auf den ganzen fünfundvierzig Kilometern Straße auf der Insel herumfahren können, wie es neuzeitlichen, im Verstand getrübten Barbaren zukommt.

Jedes Jahr wird auf der Insel ein Dutzend neuer Häuser gebaut, betonierte Bettenburgen für das rissig gewordene Europa. Bereits in den ersten Herbsttagen stehen diese und viele andere Häuser leer, auf der Insel leben immer weniger Menschen. Wegen dieser Menge an leerem, dunklem, fast totem Raum, wegen des Spuks dieser Architektur und einer Verstädterung, die wie ein Krebsgeschwür über die Insel kriecht, wird das Leben der überlebenden Bewohner, werden ihre Häuser, in denen Licht brennt und Stimmen zu hören sind, zur Ausnahme, zu Lebenszeichen in toter Umgebung. Wie in einem Handbuch der Dystopie und ihrem Bild der Apokalypse hat sich das Leben vor diesen traurigen Betonkolossen in kleine Kosmen zurückgezogen, in geheime Reservate in der unabsehbaren Tourismuswüste.

Visconti trottet hinter mir her, und auch ich verlangsame meinen Schritt, obwohl ich am liebsten laufen würde, bis ich zusammenbreche und das Bewusstsein verliere.

Tomo hat sich umgebracht, und ich trauere um jeden längeren Satz, jede Frage, die ich ihm nicht gestellt habe. Dieser Junge, der die Waffe gezogen hat, ist allein geblieben, außer seiner Mutter, die auf Antidepressiva ist, und Stanko hat er jetzt niemanden. Ich habe immerhin die schwarze *Beretta* und achtzehn Schuss Munition, die ich über diesen Berg schleppe, vernunftlos, instinktiv.

Vermutlich um ins Feuer zu schießen, wenn ich eines sehe.

* * *

Es ist früh am Morgen, der Tasche entnehme ich die einzige Hose mit langem Bein, die ich für diesen Sommer mitgenommen habe. Schwarze Jeans, ich nehme auch das dunkelblaue Hemd, das ich über Nacht zwischen zwei mit einer Decke umwickelten Brettern ein wenig glatt gepresst habe. Mit den draufgelegten Steinen hat mein Bügeleisen über fünfzig Kilo und nimmt die halbe Karaule ein. Jetzt packe ich alles vorsichtig in die kleine Tasche, die ich mir über die Schulter hängen werde, umziehen will ich mich irgendwo unten, in den Büschen, um die Sachen auf dem Weg nicht zu zerreißen, um sie nicht staubig zu machen, um sie nicht nass zu schwitzen. Ich nehme auch meine schwarzen Schuhe mit dem knöchelhohen Reißverschluss. Warum habe ich sie überhaupt auf den Berg mitgenommen, sie hier heraufgeschleppt, ich weiß es nicht, viele meiner Entscheidungen und Gedanken am Beginn dieses Ausflugs sind mir nicht mehr klar.

– Visconti, du bleibst und passt auf das Haus auf.

Ich habe ihn neben ein paar Maiskolben und drei Kanistern Wasser angebunden. Der Esel sieht mich nur an, er wäre ohnehin nicht mitgegangen, es ist alles so offensichtlich.

Innerlich aufgewühlt und erschüttert tauche ich ein in den Pfad, der schon bald bergab führt.

In den Ort komme ich gegen zehn, es ist ungewöhnlich ruhig und still. Der Konditor nickt mir zu, er steht wie immer in der Tür seines Ladens, die Schürze umgebunden, von dort ist es nur einen Schritt nach rechts, und schon hat er die Eistüte in der Hand und kratzt mit dem runden Löffel in den Schüsseln mit den kräftigen Farben. Und dann danke, *hvala*, *grazie*, einen Schritt nach links, die Hände auf den Rücken, und wieder steht er „Rührt euch!" in der Tür.

Kein unbedingt neugieriger Typ, scheint mir.

In den Hafen ist ein Patrouillenboot der Kriegsmarine eingelaufen, die achtzehn Mann Besatzung sind unter Waffen von Bord gegangen, ihr Kommandant hat sie unter der Fahne an der Riva antreten lassen, jetzt marschieren sie im Gleichschritt zum Friedhof. Ich gehe in etwas gelösterem Schritt hinterher und höre ihre Waffen klirren, ihre schweren Stiefel dröhnen auf dem Asphalt, die Hosenbeine der Tarnuniformen schleifen vor den Touristen am Boden, die sich über dieses Bild etwas wundern, aber in einem Winkel ihres neugierigen Herzens doch hoffen, dass es sich nur um eine gute Kriegsperformance handelt mit Schießen und Sterben. Oder vielleicht um eine Paintball-Meisterschaft, auf der Insel fehlt es immer an Abwechslung.

Die Ehrenformation umschreitet die kleine Leichenhalle am Ende des Friedhofs, ich stehe im Schatten einer Kiefer und warte. Von irgendwoher kommt Stanko, er ist erschüttert und müde, aber er ist der Mann, der all das hier organisiert hat. Er hat das Begräbnis seines Neffen ausgerichtet, hat das Militär hergebracht, hat entschieden, dass man hier, auf dem Friedhof, den Tag der vaterländischen Dankbarkeit begeht, genauer, dass sich hier alle versammeln und für Tomo beten. Diesmal wird jene lächerliche Kugel des Stipe Lipi nicht abgefeuert, keiner hat Lust dazu, und keiner weiß auch, auf welche Weise man das in die Dramaturgie eines weiteren Begräbnisses eines kroatischen Heimatverteidigers einbauen soll.

Die größte Schlacht des vergangen Tags hat Stanko mit dem hiesigen Pfarrer geführt, mit Don Robi. Tomo und er lagen im Streit. Tomo hatte ihn einmal, als er noch in den

Ort ging, einen Kaufmann genannt. Don Robi konnte vergeben, dass Tomo ihm nicht erlaubte, sein Haus und sein Anwesen zu segnen, dass er nicht in die Kirche kam und dass er niemals auch nur ein einziges Wort von Tomos Beichte zu hören bekam, aber dass ihn jemand auf der Riva als Kaufmann bezeichnet, das nicht. Der Pfarrer war, gemeinsam mit dem Bischof, vor ein paar Monaten Baugründe besichtigen gekommen, in Begleitung dreier Investoren, einheimischer Hyänen mittleren Alters. Weder der Bischof noch Don Robi hatten etwas zu verkaufen, sie unterzeichneten nur einen Kooperations- und Pachtvertrag über hundert Jahre zwischen dem Bistum und einem Unternehmen, das ein Einkaufszentrum, ein neues Priesterheim, ein Hotel und einen Golfplatz errichten würde. Der Vertrag erstreckte sich auf ein großes Terrain, das an Tomos Anwesen grenzte, am Rande der Welt, im Herzen des Paradieses.

– Kroatischer Ritter, Tomo, Legende des Vaterländischen Kriegs ... – beginnt der Chef des lokalen Veteranenverbands.

Ich höre nicht länger zu, ich beobachte, wie Don Robi irgendwie angewidert neben dem Sarg steht, wie er sich, die Nase in die Luft gereckt, zurückbeugt und den Rücken steif macht. Was Stanko zu ihm gesagt und womit er ihn dazu gebracht hat, diese Beisetzung nach allen Regeln seines Metiers durchzuführen, kann ich nicht sagen, ich sehe nur, dass etwas Ernstes im Spiel ist, eine Drohung oder ein dunkles Geheimnis, etwas nur zwischen diesen beiden. Stanko wirft von Zeit zu Zeit, zwischen den Schultern und Köpfen der Menschen hindurch, einen prüfenden Blick auf seine Haltung und seine Bewegungen. Tomo liegt vor der frisch abgenommenen Steinplatte und wartet auf seine letzte Reise, während die Soldaten die Gewehre heben und in die duftende Inselluft schießen.

Ich sehe zum Himmel hinauf. Er ist wolkenlos, ohne Streifen, ohne Spuren. Noch eine Salve, Schluchzen, ein wenig Gemurmel von Don Robi, und fertig.

Morgen beerdigen sie Jere. Ich werde durch mein „Auge" zusehen.

Ich kehre zur Karaule zurück, Visconti liegt unter der Kiefer an derselben Stelle, an der ich ihn zurückgelassen habe, neben ihm umgestürzte Wasserkanister, dort, wo der Mais lag, zerwühlte Erde. Wildschweine.

– Haben sie dich erschreckt, Visconti?

Ich streichle seinen Hals, er sucht Kraft zum Atmen, für den Aufenthalt auf dieser Welt.

Dunkelheit fällt ein, ich koche mir zwei Kartoffeln und setze Brotteig an.

* * *

Es sind mehrere Tage seit Tomos Beerdigung vergangen, in der Zwischenzeit habe ich Stanko Hilfe beim Haus angeboten, beim Herübertragen der Sachen, Fleisch, Waffen, aber ich soll in der Karaule bleiben. Seit ich auf der Insel bin, ist kein Regen gefallen, die Situation bei einem möglichen Feuer ist nicht harmlos. Alles ist verdorrt, die Wege, auf denen ich gehe, riechen nach trockenem Heu, die Tümpel, zumindest die, die ich kenne, sind leer, die Tiere finden sich irgendwie zurecht. Die Wildschweine haben sich in ihr geheimnisvolles Dickicht zurückgezogen, die Schlangen in ihr feuchtes Erdreich, die Geier kreisen und warten auf einen Tod zu Mittag. Immer mehr Menschen sind auf dem Berg, sie ziehen fast in Kolonnen vorüber, sie steigen auf oder kommen von Sankt Isidor zurück, einige flechten auf ihren Rastplätzen Kreuze aus Zweigen.

Andere haben das abnorme und verrückte Bedürfnis, Stein auf Stein zu legen und so in der Gegend Figuren von mehr als einem halben Meter Höhe zu hinterlassen, zumeist an Stellen, wo sich der Blick in die Weite öffnet, auf einer Lichtung oder einem Sattel. Dort steht so ein sinnloses Totem dann als eine Art törichter Sieg über die Schwerkraft. Als ihr Zaumzeug. Wann immer ich über den Berg gehe, stürze ich sie um und werfe die Steine zurück in die unberührte chaotische Natur. In die diese Künstler um jeden Preis etwas menschliche Ordnung hineinbringen wollen. Und so schlichten sie, legen Stein auf Stein und hinterlassen ihren vertikalen Dreck an Orten, wo Wind und Regen, Beben und Erosion etwas ganz anderes im Plan gehabt haben.

Überhebliche menschliche Eingriffe, gerechtfertigt durch ich weiß nicht was, durch Schönheit, Spiritualität? Oder durch gar nichts, nur eine weitere jener sinnlosen und offenbar unausrottbaren Marotten, die menschlicher Dummheit und mangelnder Fantasie entspringen.

In jedem Fall mache ich mich an die Arbeit, denn an dem Ort, der *Stol,* also Tisch genannt wird, sind innerhalb weniger Tage an die hundert dieser künstlerischen Antworten auf das Problem der Gravitation, des Gleichgewichts und der tödlichen Langeweile gegeben worden. Jemand hat sich tatsächlich die Mühe gemacht, diesen Ort, diesen handtellerflachen großen Felsen, von dem aus man beide Meere, den Rücken der ganzen Insel und den gewundenen Pfad auf den Gipfel und sogar die Mauer der Isidor-Kapelle sieht, mit seinen Kreationen aus Steinplatten zu füllen und dazu eigens Felsmulden zu suchen, die beim aufmerksamen Besucher vermutlich bestimmte Konnotationen auslösen und ihm, falls es so ist, eine Botschaft senden sollen.

So zerlege ich gerade Stan und Ollie, werfe irgendwelche Hobbits ins Gebüsch, fasse einem Neugierigen, der auf die hohe See hinaussieht, an die Nase, reiße eine Pinguinfamilie ein, werfe Tisch und Stühle, hinter denen eine fleißige steinerne Hausfrau kocht, in den Staub …

– He, he, warum machen Sie das? Lassen Sie das!

Ich drehe mich um und erblicke eine Gruppe von Leuten, angeführt von einem etwa fünfzigjährigen Mann, der sich auf einen Holzstecken stützt. Er trägt einen Rosenkranz und an einem Bändchen dieses Tao-Kreuz, hinter ihm mehrere ähnliche, und dahinter noch mehr ähnliche, etwas verschwitzte Frauen.

Ich sehe sie und überlege, was tun, was sagen, wohin mit meiner Wut angesichts der Dummheit und meinem Abscheu vor den Kitschproduzenten. Auf ästhetischer Ebene zu polemisieren scheint mir bei dieser Sonne und auf diesem Berg ganz und gar vergeblich, dumm und unangebracht zu sein. Sie mit Tomos Pistole zu verjagen, doch etwas übertrieben. Zwischen diesen zwei Extremen sollte es mindestens hundert andere Wege geben, um auf sie zu reagieren, übliche, zivilisierte, hinterfotzige oder höfliche. Aber ich habe keinen von diesen hundert, und zu den ersten zwei habe ich irgendwie keine Lust. Und so stehe ich nur da und sehe das Grüppchen Menschen an, das gerade den *Stol* erreicht hat. Ich habe mich an einen Fels gelehnt, von der Schulter hängt mein Beil, ich rieche nach Schweiß und bin fast nackt, ich trage nur hoch abgeschnittene Jeans und Sneaker. Das T-Shirt und den Rucksack mit den Sachen habe ich an einen Ast gehängt, in den Schatten.

Schweigend fahre ich mit meiner Tätigkeit fort.

– He, Mann, lassen Sie das, das sind künstlerische Kreationen, seht nur, was der macht, ein Verrückter, ach, lasst ihn, der versteht das nicht, der ist verrückt, gehen wir weiter, um Gottes willen, dieser Idiot macht alles kaputt ...

ein Ausländer, der versteht dich nicht, ein Ausländer, und benimmt sich so, die sind alle gleich …

Und so gehen die zehn an mir vorüber, ich achte trotzdem darauf, keinen von ihnen mit einem Stein zu treffen. Erst als sie weiter weg sind, als ich sehe, wie sie den Weg hinaufschwanken, der direkt unterm Gipfel wieder herauskommt, setze ich mich kurz hin und trinke etwas Wasser. Dann schießt es mir ein, ich habe einen Weg gefunden, ihnen zu antworten. Ich raffe meine Sachen zusammen und laufe ihnen nach, zur Isidor-Kapelle.

Als ich atemlos auf dem Gipfel ankomme, sind sie schon bereit für den Rückweg. Sie haben mich nicht bemerkt, ich komme von der Rückseite der Kapelle und knie mich auf einen spitzen Stein, singe das Vaterunser, stehe auf und gehe auf sie zu, zwei Zweige zu einem Kreuz vor der Brust zusammengelegt. Ich schließe die Augen, der scharfe Stein hat mir die Haut auf den Knien aufgeritzt. Ich sehe sie direkt in ihrem Schock hinter mir, sie befinden sich unversehens in einem schweren Dilemma.

Man muss aufhören, diesen Steine werfenden Idioten zu hassen. Man muss ihn liebgewinnen in seinem Opfer und seinem ungetrübten Glauben.

Und schließlich muss man sich ihm im Gebet beigesellen, nicht wahr, das ist doch ein Gebet.

Das ist das Mindeste, was ich von jemandem erwarten würde, der beim Aufstieg zur Kapelle eines gar nicht so populären Heiligen fast zusammengebrochen wäre.

Aber sie schweigen und machen mir Platz, damit ich durchgehen kann, so wie ich den Panzerschleichen ausgewichen bin, voller Ekel und tief sitzender Angst.

Ich gehe über zu *Ave Maria, Ehre sei dem Vater*, am Schluss, unmittelbar an der Tür der Kapelle, singe ich, so laut ich kann, als Zeichen meiner völligen Hingabe:

– O Himmelsjungfrau, Kön'gin der Kroaten, du unsre Mutter, güldnes Morgenrot ...

Und dann, so davongetragen, erinnere ich mich an Pater Mirko, der uns das nach dem Religionsunterricht immer auf seiner Fender vorgespielt hat, er sang dieses Lied im aufrichtigen Glauben an Gott und den Rock 'n' Roll. Ich kann mich sogar an den Text erinnern und beginne jetzt, mit blutigen Knien, auf der Schwelle der Isidor-Kapelle, vor der Gruppe gläubiger Frauen und Männer von einer Festlandpfarre, mit dem Kreuz auf der Brust, hinter geschlossenen Lidern, in tiefgläubiger Trance:

> Gegrüßet seist du, Jungfrau, voller Gnaden,
> von ew'ger Sonne Glanz umstrahlt.
> Um deine Stirn die Sterne strahlen,
> dein Fuß den Höllenhund zermalmt.
>
> O Himmelsjungfrau, Kön'gin der Kroaten,
> du unsre Mutter, güldnes Morgenrot
> empfange der ergeb'nen Herzen Gabe,
> empfange unsrer reinen Liebe Glut.

Gebenedeit bist du, dich Reine
verfehlt der bösen Schlange Gift!
Dass uns der Stern des Glückes scheine,
zerschlag der Sünde Finsternis!

O Himmelsjungfrau, Kön'gin der Kroaten,
du unsre Mutter, güldnes Morgenrot,
empfange der ergeb'nen Herzen Gabe,
empfange unsrer reinen Liebe Glut.

Ich gehe in die Kapelle und öffne die Augen, ich hinterlasse Blutspuren, aber hinter meinem Rücken ist niemand. Niemand gesellt sich zu mir, sie haben sich leise gesammelt und sich unhörbar davongemacht. Das war doch zu viel für sie, sie haben auch meine Wasserflasche mitgenommen, die aus dem Rucksack gerollt war. Ich richte mich auf und lasse mein kleines Kreuz auf dem kleinen Holztisch in der Kapelle zurück, ich fühle mich gut, mit blutigen Beinen, mit offenem Herzen, ich singe.

Ich gehe hinaus, und die Motorboote fahren Rennen auf beiden Meeren, breite weiße Spuren zurücklassend, sie wecken meine Augen, die ganz verwundert schauen. Ich ziehe die Hose aus und wische mit ihr die blutigen Knie ab, dann ziehe ich sie wieder an und zurre den Gürtel mit dem einsteckenden Beil fest, verstaue die Pistole in der Hosentasche und klatsche fast vor Vergnügen in die Hände.

Ich laufe in Richtung Karaule, ein leicht abschüssiger Weg beschleunigt mich zusätzlich, und bald renne ich wie ein Wilder aus dem Wald, springe über Felsen und erschrecke die Menschen, die zum sommerlichen Segen aufsteigen.

* * *

Meine Einsamkeit berauscht mich geradezu. Ich bin eins geworden mit diesem Berg, mit der Karaule, mit dem Wald, den Wegen und den Tieren. Ich befinde mich in einem leeren Raum jenseits von Zeit und Denken, in ihm habe ich mein Spiegelbild, meinen Schatten und meine Seinsweise gefunden. Ich gehe, wie ein freier Mensch geht, auf einer breiten, leeren Straße. Aber noch fürchte ich mich vor den Nächten und ihren Geräuschen. Noch habe ich Angst, dass ich es nicht schaffen werde, einen Brand zu löschen oder zumindest rechtzeitig zu melden. Noch immer denke ich, dass mir die Panzerschleiche, diese dumpfe, schwarze, plumpe Panzerschleiche ins Auge dringt und mir das Gehirn wegfrisst, ich habe Angst, dass ich in meiner Heftigkeit auf einen Menschen schießen könnte, ich habe Angst, dass ich eines Tages Visconti zerhackt von Geierschnäbeln vorfinde, dass ich mich auf meiner Runde verirre, dass ein Anblick durch mein „Auge" dringt, den ich nicht werde ertragen können. Ich habe Angst, diese Sterne könnten plötzlich erlöschen und der Schimmer der Meeresfläche von dichter schwarzsamtener Dunkelheit verschluckt werden, die weich ist wie eine Fuge, die sich in der Ohnmacht, der tauben, hohlen Ohnmacht menschlichen Strebens und Suchens, verliert. Ich habe Angst, das Mobiltelefon könnte läuten und mir einen neuen Tod melden. Ich habe Angst, mich selbst im Herzen der Dunkelheit einzukerkern, an einem Ort ohne Himmel und ohne Schallloch für die Stimme. Ich habe Angst, nicht mehr mit Menschen leben zu können, aber ebenso nicht mehr ohne sie. Ich habe Angst vor meiner Angst, während um mich herum nur Wildschweine wühlen und über mir nur gewöhnliche Selbstmörderkometen dahinfliegen. Ich nehme das Motorola und rufe Stanko an. Es ist drei Uhr morgens. Javorna schläft in der dunklen Hülle der Augusthitze.

– Was ist?
– Nichts, Stanko, entschuldige, nur so.
– Macht nichts, ist irgendwas?
– Nein, gar nichts.
– Tut dir was weh?
– Nein.
– Gut, hören wir uns dann morgen?
– Ach, es ist alles okay, ciao, pass auf dich auf.

Ich lege das kleine schwarze Kästchen ab, über das ich gerade meine Angst und zeitweilige Zerrüttung eingestanden habe, dann drehe ich die einzige Glühbirne ein, die ich besitze, mache Licht und stehe auf. Ich werde die

Karaule ein bisschen aufräumen, die Vorräte überprüfen, aufs Dach steigen und in die dunkle Bläue des Himmels und des Meeres sehen, warten, dass sich die Kugel weiterdreht und es an ihren Rändern hell wird.

Die erste Hälfte des August ist vorüber, noch einen Monat und ich kehre nach Zagreb zurück. Die Draškovićeva macht aus dieser Entfernung den Eindruck eines zufällig aus der Schachtel gefallenen Spaghettos, ich bücke mich, um ihn vom ebenen, gebohnerten Boden aufzuheben. Aber er windet sich, weicht aus, fällt herunter, rutscht weg. Mich zieht es nicht zurück in die Draškovićeva. Ich habe keine Lust, etwas aufzuheben und in die Hand zu nehmen, was ich mit der Zeit verloren habe, was mir irgendwo heruntergefallen ist oder ich vergessen habe. In meiner Angst vor Feuer und Wildschweinen, Schlangen und Nächten habe ich einen Menschen verloren, den ich gut gekannt habe, er ist irgendwo auf meiner Runde aus meinem Körper gefallen, und die Geier haben ihn in ihren Schnäbeln auf die Klippen getragen.

* * *

Ich bin eingeschlafen, als die Sonne bereits sengte, die Zikaden wecken mich, ich springe verschwitzt und verwirrt auf, haste in zwei Sprüngen vom Dach der Karaule, sammle mich und gehe zur Zisterne, um mich zu waschen.

Es ist elf Uhr, zu spät für den Kontrollgang, meine Runde liegt bereits in der Gluthitze, und da ist es nicht ungefährlich, sie zu gehen. In Ordnung, ich werde Brot backen, um dir Paroli zu bieten, denke ich mir und sehe zu, wie die Sonne auf den Hängen herumgackert. Visconti liegt im Schatten, den Kopf auf die Kiefernnadeln gestreckt, ein Tropfen Harz fällt auf seinen Hals, ich setze mich neben ihn und fasse in seine Mähne.

– Steh auf, edler Esel, erhebe dich, Visconti.
– Beweg dich, komm, ich werde dir Brot geben.
– Komm, du fauler Bourgeois, komm, du Aristokrat vom Berg, steh auf, zier dich nicht.

Ich versuche, mich selbst zum Lachen zu bringen. Visconti kann nicht aufstehen, er atmet hastig, und die Fliegen sammeln sich auf ihm. Er verjagt sie nicht, er hat keine Kraft dazu, an den Lidrändern wimmeln Schwärme von saugenden Fliegen. Ich breche einen Zweig ab, bringe einen Kanister mit Wasser, lege eine Decke auf die Kiefernnadeln und setze mich wieder neben ihn.

Ich verbringe den Tag damit, die Fliegen und Wespen zu verjagen, ihn zu tränken und aus der Hand zu füttern. Alles ohne Erfolg.

* * *

Der nächste Morgen ist ein guter Morgen. Visconti erwartet mich an der Tür der Karaule, er steht auf allen seinen vier ausgedienten Beinen und tut sich an einem Brotlaibchen gütlich, das ich auf der Terrasse zurückgelassen habe. Der Kanister mit dem Wasser ist zur Hälfte leer.

– Das ist hervorragend, sehr gut, grauer Graf, sehr gut, wenn Eure adelige Steifheit es ertrügen, würde ich Euch jetzt umarmen und Euch zu der neu gewonnenen Kraft gratulieren, die aus den Katarakten Eures blauen Bluts zu schöpfen Euch gelungen ist. Aber ich will Euch nicht überhastet und blauäugig in Unruhe stürzen, das wäre diesem Augenblick und seiner erhabenen Größe nicht angemessen. Deshalb nur ein Danke und Guten Morgen, Graf Visconti, und ein Auf Wiedersehen, gehabt Euch wohl, ich begebe mich auf meine Runde.

Ich gehe den Weg hinunter, verschwinde im Dickicht, klappere dabei mit dem Beil, das gegen die in den Gürtel gesteckte Pistole schlägt. Ich trage meine große Sonnenbrille, eine Mütze, oft auch ein Tuch über Mund und Nase, wegen des Staubs, den der Wind auf den erdigen Wegstücken mitunter aufwirbelt. Das Motorola läutet, Stanko fragt mich, ob ich noch am Leben bin. Ich nicke mit dem Kopf, aber das zu übertragen schafft das Motorola nicht.

– Aha, es ist also nichts, gut dann, brauchst du was, Lebensmittel, Gas?

– Ich brauche nichts, ich habe alles, meinem Esel geht es nicht gut, gibt es unten einen Tierarzt?

– Woher denn, und selbst wenn, bemüh dich nicht, dieser Esel ist wer weiß wie alt.

– Gut, Stanko, wir hören uns.

– Hör mal, mein Enkel hat Geburtstag, morgen, ich brate ein Lamm, willst du kommen? Zoe kommt auch, und seine Mutter.

Ich sage nichts.

– Komm, du weißt, wo du uns findest, komm also vorbei, wenn es dir passt, ciao.

Ich setze meinen Weg durch das Dickicht fort, bleibe an den Kontrollpunkten stehen, linse durch das „Auge", Stankos Einladung zu dem Familientreffen hat mich verwirrt. Genauer, mich verwirrt diese plötzliche Nähe, die er mir erweist.

Ich höre Schritte, Stimmen, ich gehe durch den Wald näher heran und sehe, wie Leute auf dem Weg heraufschwanken, wie sie mit der Steigung kämpfen und wie sie stehen bleiben, um sich den Schweiß abzuwischen. Es sind fast zwei Dutzend, sie sprechen Deutsch, sie sind ungewöhnlich ausgerüstet für diesen Aufstieg, sie tragen Lederhosen, ganz seltsame Stiefel, Halstücher und dicke Lederwesten. Durch das „Auge" lese ich auf dem Rücken eines von ihnen: Wild Ryders Tübingen. Biker. Auf dem Berg. Soweit ich sehe, ohne einen Tropfen Wasser, sie haben geglaubt, sie könnten mit den Motorrädern bis zur Isidor-Kapelle, jetzt will keiner aufgeben, aber weiter geht es nicht. Der Weg ist steil und schmal, sie haben ihre Chrompferde geparkt und gehen jetzt zu Fuß bergan. Und bleiben vor mir stehen. Professoren, Ärzte, Gewerbetreibende und ihre

Frauen oder Geliebten, in Lederhemden mit Fransen, rot im Gesicht und am Rande der Verzweiflung. Aber mit einem Lächeln, das aus der Zugehörigkeit kommt, in diesem Fall zu den Wilden Reitern aus Tübingen, genau genommen zu einem Stamm. Sie winken mir fröhlich zu, fragen, wie weit noch bis zum Gipfel. Einer raucht eine Zigarre, ich ermahne ihn, er macht sie auf dem breiten Lederarmband aus und steckt sie in die Brusttasche.

Gott, wenn du nicht schlummerst, wenn du das hier siehst, merk dir diese Szene; ich nehme das Wasser aus dem Rucksack, und ihre Augen leuchten auf, ich biete es ihnen an, und sie trinken jeder einen Schluck, dann wischen sie sich mit ihren Leopardentüchern ab und begreifen langsam, in was für eine Dummheit sie da hineingestolpert sind. Nicht weit von hier glänzt unbeschreiblich schön der Chrom ihrer Motorräder und Helme, da unten warten dicke Reifen, die sie in ein Abenteuer zurückführen werden, wie sie es sich das ganze akademische Jahr über erträumt haben, das sie herbeigesehnt haben, während sie sich in den Kolloquien distinguiert langweilten. Da unten sind ihre Motorräder, der kräftige Sound, der den Unterschied macht zwischen ihnen und allen anderen. Meister des Kitschs, Biker, konformistische Renegaten, Anarchistenanwälte, Wahnsinnsdozenten an forstwirtschaftlichen Fakultäten, Kollegien über Waldpilze und ihre Anverwandten.

Menschen der Freiheit, Einsame, die durch die Dämmerung kreuzen, die immer irgendwohin am Aufbrechen sind.

Aber jetzt sind sie an den Rand meiner Runde gekommen, an ihren tiefsten Ausschlag, und mussten innehalten. Sie haben kein Wasser, sie kochen unter den schweren, stellenweise vom Schweiß getränkten Lederwesten. Ihre Motorräder sind staubig, das eine oder andere auch vom Gestrüpp zerkratzt. Sie sind nicht glücklich.

– Wie ist der Blick vom Gipfel?

– Nichts Besonderes – antworte ich – nichts.

– Hab ich's doch gewusst – klatscht der Bärtige mit den vielen Ringen in die Hände.

Ich erkenne einen Totenkopf, ein großes T, und das große silberne Siegel, auf dem HD steht, und noch einen Totenkopf, dieses Mal mit einer Schlange, die von einer Augenhöhle in die andere kriecht.

Sie winken mit den Händen ab und stimmen zu, klar ist da oben nichts Besonderes, das haben auch die anderen gewusst. Langsam machen sie kehrt und grüßen fast schon fröhlich, sie gehen zurück. Ich sehe, wie sie einander auf dem Weg zunicken, wie sie die Änderung des Plans gutheißen.

Der Häuptling geht an der Spitze dieser tätowierten ledrigen Kolonne aus durstigen und verschwitzten Menschen. Die Fransen baumeln tyrannisch von ihren Jacken, sie kehren zurück in ihren eigenen verbrauchten Mythos von der Freiheit. In ihren perversen Kinderfilm.

– *He, Bikers, wait a minute!*

Sie drehen sich um und sehen mich verwundert an. Ich laufe zu ihnen und öffne ein wenig verlegen den Rucksack mit meinen Brotlaibchen. Ich biete ihnen davon an und sie nehmen sie, sie essen sie vor mir, danken mir und nicken strahlend wie selten jemand auf diesem Berg.

Ich erinnere mich an Jadranko und seinen zerschundenen gebrochenen Arm in der Mischmaschine, an den Geruch von Hefe und Schweiß, in dem ich fast erstickt wäre, aber in dem ich einen Menschen gerettet habe. Ich erinnere mich auch, wie nach ein paar Tagen Jadranko und seine Frau, die Friseuse, zu uns zu Besuch kamen; er und Vater saßen auf dem Balkon, und im Wohnzimmer, durch die offene Tür, sahen sie Nachrichten und das Freundschaftsspiel zweier Fußballnationalmannschaften. Jugoslawien verlor gegen Deutschland, meine Mutter bekam zum ersten Mal in ihrem Leben eine richtige Frisur, und das in der eigenen Küche, und ich hundert Mark, die ich beschloss, mit meinem Bruder zu teilen, wenn wir nach Triest fahren würden. Ich starrte auf den bläulichen Adler und stellte mir das Puma-Logo auf einem Trainingsanzug, eine Jacke aus Skai und einen Plattenspieler vor. In diesem Augenblick umarmte mich Jadranko, Tränen in den Augen, gerührt und beschwipst, mit seinem eingegipsten Arm, vor den Augen hatte ich seine blau angelaufenen Finger, und er sagte etwas in dem Stil: Unsere haben gekämpft, aber die *švabi* waren besser.

Und ich dachte bei mir: Was für ein Idiot.

* * *

Oft richte ich das „Auge" auf Tomos Grab. Dort welken ein paar Kränze, die Kerzen sind heruntergebrannt, und das Holzkreuz, das man am Kopfende der Grabplatte in die Erde gerammt hat, steht irgendwie schief. Die Erde trocknet aus. Ich warte wohl darauf, dass Tomo den Stein anhebt, den Staub abschüttelt, das Totengewand von sich reißt und zu einer weiteren Jagd aufbricht. Dass mir jemand durch das „Auge" zuruft, das sei wie eine Sequenz aus einem schlechten heimischen Film und müsse unter besseren Produktionsbedingungen komplett neu gedreht werden. Mit Tomo sind auch all seine Granatsplitter begraben, jetzt sind auch sie endlich tot, in der anderen Welt würden sie ihn nur stören, wenn er durch die Flughafenkontrolle geht, wenn er in dieser anderen Welt auf eine ferne Insel mit Flughafen in den Urlaub fliegt.

Heute Morgen steht ein großer weißer Hund mit kupierten Ohren vor der Karaule. Er steht da und winselt verschämt, etwas wie Hundesehnsucht, zurückgehalten durch Hundeangst. Tomos Ciba. Eine Mischung aus Dogo Argentino und Istrianer Bracke, eine Hündin mit einer Narbe mitten auf der Stirn. Zoe hatte sie zu sich genommen, mehrere Tage hat sie nur auf der Schwelle des Hauses gelegen, fast regungslos, in einem Zustand vollkommener Niedergeschlagenheit trieb sie wie ein mit gekappten Tauen aufgegebenes Schiff auf See, um dann, in einem blitzartigen Sprung, die Nachbarskatze zu packen und sie erst loszulassen, als Zoe sie anschrie. Sie blieb stehen und sah ihn verwirrt an, dann sammelte sie sich, begriff alles und jagte die Riva hinunter der Katze nach, dabei Kinder umwerfend und Passanten erschreckend. Schließlich flüchtete sie zu ihrem Haus, das letzte Mal wurde sie dort gesehen, wie sie über die Mauer des Olivenhains sprang, eine Schlange in den Zähnen.

Stanko hatte mich neulich darüber informiert, er meinte, wenn du sie siehst, hab keine Angst, sie ist eine gute Hündin, aber jetzt ist sie sehr verängstigt, gib ihr Wasser.

– Aber du hättest auch zum Geburtstag kommen können, na gut, es kommen andere Gelegenheiten.

Jetzt steht sie vor mir und winselt misstrauisch, sie ist nicht verletzt, sie ist weder durstig, noch sieht sie hungrig aus. Sie trauert, sie schnüffelt nach ihrer eingestürzten Welt.

Ich tue, als sähe ich sie nicht, als gäbe es sie nicht, ich gehe an ihrem kräftigen Rücken vorbei und werfe Visconti ein Brotlaibchen und Kartoffelschalen hin, eine offene Konservendose Sardinen stelle ich an den Rand der Terrasse.

Da, iss, Ciba, denke ich, und wenn du zufällig eine Panzerschleiche in der Nähe siehst, einen ungebetenen Gast, tu, was du tun musst.

Sie legt sich in den Schatten, lehnt sich an den grauen Eselsrücken, sie hecheln jeder auf seiner Seite in ihr Unglück. Unten im Ort läuten Kirche und Kloster, es ist, als würden sie in Lautstärke und Umfang ihres Repertoires wetteifern. Neben den unentrinnbaren Glocken ist alles am Tosen. Mariä Himmelfahrt in Javorna, Don Robi, übertrieben glatt rasiert, glänzt rot wie das Lämpchen in einer Amsterdamer Straße.

Die Nacht ist ungewöhnlich rasch eingefallen. Jetzt beginnt über meinem Kopf ein Wettrennen der Flugzeuge, sie blinken zwischen den zahllosen Sternen der Milchstraße, sie wimmeln durch die wundersame Unendlichkeit des Weltalls, das ich, hier auf dem Gipfel meines Bergs, auf dem Dach der Karaule liegend, als weichen Schleier auf der Nasenspitze empfinde. Der Mensch muss sich in der Fülle dieses Lichts, dieser fernen flimmernden Sterne, in der Scheibe des Monds, die vom flachen Stein reflektiert wird, von der Wasserfläche, im Rauschen des milden Westwinds und des eigenen Bluts, das erregt seinen ganzen Körper schwemmt, gesegnet fühlen.

Da zittert der rote Blitz des Leuchtturms auf dem Kap, da flimmern die Signallichter der Flugzeuge am Himmel, und ich murmle, ich habe in der Einsamkeit mein Vergnügen an der eigenen Stimme: Smaragde, Smaragde, Smaragde.

Eine Nacht im Wald. Eine Nacht auf dem kahlen Berg.

Eine Bettdecke aus flammender Ewigkeit, von der Kometen abbrechen und sich ins Meer stürzen.

Visconti liegt genau unter dem Großen Bären. Ciba und ich unter einem Haufen Sternengewirr.

* * *

Am Morgen melde ich Stanko meinen unerwarteten Gast.
– Stört sie dich?
– Nein.
– Dann soll sie oben bleiben, wir werden sehen, sie ist kein Hund für die Stadt, der Terrier ist hier unten, dem fehlt nichts. Aber sie kommt einfach nicht zur Ruhe.

Ich bereite mich auf meinen Rundgang vor, und sie hechelt aufgeregt, als ich den Rucksack mit Broten und Wasserflaschen fülle. Ich stecke das Beil in den Gürtel, verstaue die Pistole in der Hosentasche und winke dem Esel zu. Ich laufe den Weg hinunter. Ciba rennt durch das Gebüsch, den Kopf tief unten und den Schwanz steil aufgerichtet. Sie ist wieder am Leben.

Immer weniger Menschen sind jetzt auf dem Berg, der Berg ist müde, in den Felsspalten liegt Müll, an den unglaublichsten Stellen haben die Naturliebhaber ihre Kippen ausgedrückt, sie stecken in Felsspalten, in Astgabeln, auf Baumstümpfen, in kleinen Sandhäufchen zwischen den Steinblöcken, überall. Die Spuren sind überdeutlich, hier sind Menschen gewesen, nur sie können so bizarr sein. Im Unterschied zur Kapelle ist die Karaule wie durch ein Wunder noch unentdeckt geblieben, besser so, als dass jemand plötzlich auf die Lichtung vor unserer Terrasse herausgeplatzt kommt, ich weiß nicht, ich weiß wirklich nicht, was Visconti oder Ciba tun würden. Oder am Ende ich. Denn der Ekel vor dem menschlichen Verhalten hat bei mir alle anderen Emotionen und Einstellungen überwuchert. In diesem elementaren Bild, das sich seinem Abschluss nähert, an diesem Ort, an dem ich versucht habe, mich vor den Menschen zu verbergen, habe ich sie besser kennengelernt als irgendwo anders und irgendwann früher. Hier haben wir, jeder auf seine Weise, einander unsere Nacktheit gezeigt: sie mir ihr Elend und ihre Qual, ihre Überheblichkeit und Dummheit, und ich ihnen meine wachsende Verachtung und meinen Ekel. Und wer kommt am Ende besser davon? Sie oder ich? Sie werden zurückkehren in ihr hektisches Leben und weitermachen wie bisher, sie werden ein paarmal die Fotos vom Sommerurlaub in die Hand nehmen und sich an ein Detail erinnern, das sie fröhlich stimmt. Je nachdem, wie viel Angst sie vor ihrem Chef, dem Leben oder etwas Drittem haben, werden sie sich auch verhalten. Zerknirschte Konsumenten in den Fastfood-Tempeln, Königinnen des Ausverkaufs und der Ratenzahlung. Wenn dieses Angstgefühl allmählich nachlässt, werden sie es auf ihre eigene Art treiben – zerstören, schänden, beschmutzen.

Ich werde bald unter Menschen zurückkehren, die ich einmal gekannt habe, in eine Stadt, durch die ich einmal gegangen bin. Meine Wohnung im zweiten Stock des Hauses gegenüber dem Unfallkrankenhaus in Zagreb wird den Luxus dieser Bergkaraule ersetzen. Der Blick auf zwei Meere wird zum Blick auf die Krankenhausfenster werden, und der engere Bezirk um den Cvjetni trg meine

Runde. Das Auge wird zurückkehren in seine Nähe, in den Bereich des Gewohnten, zum Geruch des Alltäglichen. Und wohin dann mit meiner Menschenverachtung?

Ich trete auf die Lichtung hinaus, setze mich auf ein Felsplateau und biete Ciba Wasser an. Sie zieht sich selbst ein Brotlaibchen aus dem Rucksack. Ich warte, dass jemand den Weg von unten heraufkommt, dem ich vom übrig gebliebenen Brot anbieten kann. Von allen meinen paradoxen Verhaltensweisen ist diese in jedem Fall die blödeste. So viel Müdigkeit, Ekel und Verachtung den Menschen gegenüber zu empfinden und dann für sie Brot zu backen und es auf dem Berg an sie zu verteilen.

Was will ich? Was mache ich? Bei welchem ungewöhnlichen inneren Bedürfnis suche ich da Zuflucht?

Ich habe das „Auge" ausgezogen und wandere mit ihm über die Decks der Boote, die in der Bucht neben dem Kloster vor Anker liegen. Das Kind schläft, die Frau rasiert sich, der Mann rückt den Hut zurecht und zieht an irgendwelchen Tauen am Heck. Eberhard und Heike, auf einem Boot, das Heike und Eberhard heißt, frühstücken bei Kerzenlicht, sie trägt eine Kapitänsmütze, und er hat einen romantischen Pferdeschwanz an seinem fußballrunden Kopf. Ich weiß nicht, woher sie diese Idee mit den Kerzen haben. Drei junge Männer und mehrere Frauen schlafen verstreut auf einem Segelboot. Regungslose Körper, irgendwie unheilschwanger, wie Panzerschleichen. Nur einer räumt etwas auf, pumpt Wasser ins Boot, nimmt die Handtücher von der Reling. Der Skipper. Ein gemieteter Steuermann, dessen Boot voll toter Narren wohl bald ausläuft. Ob er sie später mit dem Fuß vom Bug ins kalte Meer stößt, dass sie, betrunken und bekifft wie sie sind, überrascht aufschrecken, oder ob er sie, die Wellen schneidend und darauf achtend, dass sie von keiner widrigen Woge getroffen werden, sanft in den Schlaf wiegt, brauche ich mich nicht zu fragen.

Senken wir beschämt den Kopf, da sehen wir ihn, wie er Orangen auspresst, wie er aus dem Schiffsbauch Backwerk bringt und ihnen das Frühstück macht. Gesund und moralisch.

Ich bewege das „Auge", ich sehe eine Frau beim Stillen, und dieses uralte, reine Bild beruhigt mich. Ciba hat sich vor meine Füße gelegt, ihre kupierten Ohren bewegen sich in alle Richtungen, und ihre Nüstern weiten und verengen sich, ihre Augen schimmern. Sie jagt auch jetzt.

Die Sonne ist fast bis zur Senkrechten aufgestiegen, es ist Zeit für die Heimkehr, noch ein paar hundert Meter durch den Wald, dann hinauf und wieder hinunter, und schon sind wir in unserem Bergversteck.

Sie wird auf dem Rückweg ein paar Geier von einem Aas aufschrecken, einen Marder auf einen Baum treiben, Wildziegen, Schlangen, Wildschweine und Menschen von unserem Weg verjagen. Eine unglaubliche Kreatur, diese Ciba. Genau so etwas habe ich gebraucht. Roh und sanft zugleich.

* * *

Visconti liegt unter seiner Kiefer und zittert. Ich habe ihn mit mehreren Jutesäcken zugedeckt, die ich in der Karaule gefunden habe. Ich weiß nicht, was ich sonst tun kann. Er frisst nicht. Er trinkt nicht.

Seit Tagen habe ich keinen Blick aufs Handy geworfen. Mira schreibt mir, dass die Sendung, trotz mancher Intrigen und Unterstellungen, in der kommenden Saison ausgestrahlt wird und dass sie mit meinen Skripts rechnet. Am Ende der Nachricht nur – okay? Ich antworte ihr zustimmend und bedanke mich. Sie fragt im selben Moment, wer der Erste sein wird, sie braucht den Namen für die Erstellung des Drehplans.

Ich lege das Handy auf den Tisch und gehe hinaus, um aufs Meer zu sehen. Kobalt. Einsamkeit. Ich erinnere mich an Kunderas Hund, eine Hündin, die in der *Unerträglichen Leichtigkeit des Seins* an Krebs stirbt. Ich schreibe Mira: Was ist mit Kundera?

– Den hatten wir – antwortet sie. Mir scheint, leicht nervös.

Ja, den hatten wir, aber da habe ich noch nicht gewusst, dass von dem ganzen Roman und all seinen Menschen allein dieser Hund wichtig ist, dass nur sein Schicksal es ist, worüber man weinen muss; alle anderen sind im Vergleich mit dem Schmerz, den Karenin fühlt, völlig unwichtig und wirbeln in ihrer menschlichen Unvollkommenheit nur herum. Ich habe mich von den Menschen abgewandt, deshalb habe ich auch Tomáš und Tereza vergessen, und auch all diese Geliebten, die über die beiden und über sich, an ihren Körpern erstickend, geurteilt haben, sie alle wollten nur das eine – dass es keinen Tod gibt, dass sie ihn für einen Moment vergessen, dass sie ihn, sich gegenseitig verschlingend, vertreiben könnten.

Manche, wie Tomo, schießen, um ihn zu vertreiben, andere stoßen nur mit ihren Körpern aneinander. Aber der Hund im Roman stirbt, mein Esel stirbt, und darauf gilt es sich vorzubereiten.

– Jaja, den Kundera habe ich völlig vergessen, dann machen wir Cortázar, den hatten wir noch nicht.

Jetzt ist Julio Cortázar, nach Buenos Aires und Paris, in unsere Karaule eingezogen, ist Bestandteil unseres Alltags geworden. Über ihn werde ich schreiben, wenn ich nach Zagreb zurückkehre, bis dahin werden wir ihn hin und wieder der Sonne und dem Mondlicht aussetzen, ihn mit auf die Runde nehmen, ihn mit unter die gestirnte Nachtdecke legen. Ihm hat, wenn ich mich aus dieser Entfernung erinnere, eigentlich immer Zärtlichkeit, ein friedvoller Schlaf gefehlt.

Auf beiden Seiten des Meeres beginnen sich Wolken aufzutürmen, sie lugen über den Horizont und bedecken nach wenigen Stunden den ganzen Himmel über dem Berg. Es wird Regen geben. Der erste Regen des Sommers, sein Ende. Stanko hatte mich seinerzeit gewarnt, dass die

Karaule Regen durchlässt, auf der Terrasse, unter einem Stein, gibt es eine eingerollte Plane, mit der ich das Dach abdecken werde, ich habe auch zwei Dutzend Steine bereitgelegt, um sie, falls Sturm kommt, damit zu beschweren und zu sichern.

Jetzt kann, zumindest was uns betrifft, alles kommen. Irgendwie konnte ich Visconti auf Decken auf die Terrasse ziehen, Ciba hat die Karaule ein paarmal umrundet, dann ist sie hinter irgendwas her ins Dickicht gefegt, danach ist sie zu uns spaziert und hat sich neben den Esel gesetzt. Ich liege auf dem Bett, die beiden neben meinem Kopf. Es ist der glückliche Augenblick, in dem man, in der feuchten Luft, die schon über den Berg pfeift, deutlich den Geruch des nahen Todes spürt. Alles ist jetzt so offensichtlich, wir sind auf dem Gipfel der Welt, um uns herum beginnt das Unwetter, die Blitze zucken über dem in Donner gehüllten Meer, und wir drei sterbenden, verlassenen und von den Menschen angeekelten, durch einen Zufall verbundenen Wesen liegen von Glück durchströmt auf der Terrasse.

Der Friede, den wir in diesem Unwetter fühlen, ist älter als die Menschheit. Während die Blitze zucken, während der Regen die Erde auf den Pfaden aufwühlt und die Salven aus den Wolken schießen, während sich Sturzbäche ergießen und allen Dreck und allen Scheiß vom Berg spülen, sind wir auf den Gipfeln unserer Leben.

Ab jetzt, im Weiteren, gibt es nur noch Abstiege, das eine oder andere ebene Jahr, einen ebenen Weg, der an bereits bekannten Dingen vorüberführt.

* * *

Ich stopfe zwei Säcke mit Abfall voll, Blechdosen, geleerte Konserven, Zahncrementuben, zerfallene Turnschuhe, zwei zerrissene Hemden und noch so manches, was sich in den Monaten in der Einsamkeit angesammelt hat. Ich binde sie fest zu und lade sie mir auf den Rücken, es ist Zeit für die Reinigung der Karaule, mein Sommer nähert sich dem Ende.

Visconti liegt seit Tagen da, hin und wieder wasche und bürste ich ihn, mache um ihn herum sauber, füttere ihn aus der Hand. Ich koche ihm Maiskolben, die ich letztes Mal auf dem Weg herauf gepflückt habe. Er frisst nur aus der ihm eigenen Höflichkeit und Rücksichtnahme mir gegenüber, der ich neben seinem Auge hocke, das immer öfter geschlossen und fern ist. Ich sehe ihn an, vielleicht das letzte Mal, als ich mit Ciba im Gestrüpp verschwinde, hinuntergehe, zum ersten Müllcontainer.

In diesen letzten Tagen auf dem Berg werde ich nur noch Brot und Fleisch essen, um keinen neuen Müll zu produzieren, und auch wegen einer noch vagen Vorstellung vom Tod dieses Orts, von seinem Verschwinden. Ich möchte jenen, die kommen werden, um ihn zu zerstören, keine wie immer gearteten Spuren hinterlassen.

Wir verlassen die Runde rasch, Ciba durchkreuzt das Terrain, mit gesenkter Nase, manchmal bleibt sie stehen und hebt den Kopf, um zu wittern, mich mit dem Blick zu suchen und dann weiterzumachen, unhörbar und schnell wie ein Geist. Sie knickt keine Zweige, bewegt keine Steine, nichts, sie läuft nur einem ihrer Gerüche nach, nebenbei überprüft sie die Verbindung zu mir. Für mich ist das fast ein gesegneter Zustand, eine Beziehung, wie ich sie mir in meiner nicht so fernen Vergangenheit auch mit manchem Menschen gewünscht hätte. Ich bleibe beim Tümpel stehen, um meinem Rücken Schonung zu gönnen und meinen Durst zu löschen, ich werfe die Müllsäcke ab und setze mich in den Schatten eines Feigenbaums, von dem die nicht gepflückten und verdorrten Früchte in ihrem eigenen Rhythmus abfallen. Ciba kommt zu meinen Knien gelaufen, schnüffelt, jault auf vor Glück und rennt weiter. Ich schnalle den Gürtel mit dem Beil ab, nehme die Pistole aus der Hosentasche, lege mich in den Schatten und warte, dass mich eine Feige an der Stirn trifft, damit ich weitergehen kann. Wie soll ich sonst die Zeit meiner Rast messen, was habe ich am Ende meiner Zeit hier oben überhaupt noch außer natürlichen Zeichen, außer meiner Natur?

Dass ich mich schlafen lege, wenn mir danach ist, dass ich aufstehe, wenn mir gesagt wird, dass ich es tun soll? Dass ich laufe, weil ich es kann, dass ich Menschen zu essen gebe, dass ich sie verachte und vertreibe, dass ich ihnen wieder zu essen gebe, dass ich ihnen drohe, dass es mich vor ihnen ekelt? Dass ich ihnen trotzdem wieder zu essen und zu trinken gebe, dass ich sie vor sich selbst beschütze, dass ich am Ende auf den Fall warte, auf diese meine Feige, die mir sagen wird, steh auf und geh.

Ich bin der Herrscher meines Lebens.

Niemals bisher, und ich weiß, auch niemals danach werde ich dieses Gefühl haben, wie ich es jetzt habe, während ich neben den Schafköteln liege, neben einem stinkigen Tümpel, neben zwei Müllsäcken, und darauf warte, dass mich die Schwerkraft einer Feige in Bewegung setzt.

Ich bin fast eingeschlafen, da höre ich ein Schreien, Quieken, Trampeln, zuerst von Weitem, doch dann, als ich die Augen offen habe, springe ich auf, da kommt Ciba vom Tümpel her angerannt und hat ein kleines Wildschwein in den Zähnen, einen Frischling von nur wenigen Kilo.

Sie hat ihn mit den Zähnen am Rücken gepackt, sie läuft mit ihm und will ihn nicht loslassen. Ihr hinterher kommen im Galopp und mit Getöse mehrere ausgewachsene Wildschweine angestürmt.

Ich bringe mich hinter dem Feigenbaum in Sicherheit und ziehe mich auf den ersten dicken Ast hinauf. Das Beil ist am Boden geblieben, auch die Pistole und die Müllsäcke. Ich rufe, ich schreie: Lass los, lass los, aber sie rennt weiter durch das Dickicht mit dem Frischling in der Schnauze. Die Wildschweine kommen immer näher, und ich weiß, dass es bald zum endgültigen Gefecht kommt.

Und ich sitze auf dem Feigenbaum. Entsetzt und voller Angst, aber ich muss etwas tun.

Ich springe vom Baum, packe das Beil, entsichere die Pistole, ich stehe auf der Lichtung, an dem Tümpel, und warte, dass Ciba zurückkommt und dass ihre Verfolger kommen. Ich höre ein Grunzen, als würde jemand auf Blechdosen herumtrampeln, ich drehe mich um und sehe neben den aufgerissenen Säcken zwei Wildschweine im Abfall wühlen und ihn durch die Gegend zerren. Bei all dem fressen sie auch noch. Ich habe achtzehn Patronen, ich werde schießen.

Ich renne auf sie zu und schieße ohne zu zielen in ihre Richtung, sie flüchten in einem Sprung ins Dickicht, aus dem jetzt Ciba auftaucht. Blutüberströmt, erschöpft, legt sie den Frischling neben meine Füße. Hinter ihr, Äste brechend und alles vor sich niederreißend, kommen wütend drei große, schwarze Wildschweine angestürmt. Zwischen uns und ihnen ist nur dieser schlammige Tümpel. Cibas Beute rappelt sich auf und rennt zu ihren Tanten, die grunzend und schnaufend und stampfend näher kommen. Ciba bellt, ich knie und umarme ihren Hals, ich weiß, wenn ich nicht angreife, wird sie es tun.

Ich hebe die Pistole und ziele auf das kleinste ausgewachsene Wildschwein, auf seinen Kopf. Ich feuere zwei Schüsse ab, Ciba jault in meinen Armen auf und bellt gleichzeitig, ihre Muskeln sind angespannt, ihr Herz will herausspringen.

Als ich die Augen öffne, ist niemand und nichts mehr da. Bloß ein kleiner Blutfleck an der Stelle, wo Ciba ihre Beute losgelassen hat.

Es stinkt nach Wildschwein, Fischdosen und Angst. Ich trinke alles, was ich bei mir habe, wasche Ciba ein bisschen ab und will zurück zur Karaule, um neue Müllsäcke und Wasser zu holen.

Erst gegen Abend erreichen wir die Container in der Nähe von Tomos Haus. Die Hoftür steht offen. Und ich gehe hinein.

Im Haus brennt Licht. Ich erkenne eine männliche und eine weibliche Stimme. Es sind Stanko und eine mir unbekannte junge Frau. Sie stehen am Tisch und sehen sich Fotos an, sie suchen aus. Ganz leise verlasse ich den Hof, rufe Ciba und gehe den Berg hinauf. Hinter meinem Rücken höre ich, wie bei Tomos Haus die Scharniere der Hoftür quietschen, wie Eisen gegen Eisen schlägt, als Stanko sie hinter sich schließt. Dunkelheit bricht herein, der Berg verfärbt sich bläulich unter meinem letzten Vollmond an diesem Ort. Ich sehe, wie vor mir Cibas weißer Schwanz wippt, und gehe nur bergauf. Nach Hause.

* * *

Heute Morgen habe ich die Kontrollrunde verschlafen. Der Klang des Motorolas weckt mich, Stanko.

– Guten Morgen, wo bist du?
– Hier in meinem Bett, ich bin etwas müde.

– Gut, gut, aber hast du vielleicht etwas gesehen, etwas gehört, jemand hat gestern Abend die Container bei Tomos Haus vollgestopft, merkwürdig. Dort gibt es niemanden, du weißt, wie lange schon nicht mehr. Ich muss es den Müllfahrern sagen, die kommen dort nicht mehr vorbei.

– Stanko, das war ich, das ist mein Müll.

– Deiner, ja, wann warst du denn da?

– Als du da warst, ich habe dich und diese Frau durch das Fenster gesehen.

– Ach ja, Vinka.

Ich schweige, ich warte, dass mir Stanko, wenn er es möchte, sagt, wer sie ist, wenn er vorhat zu schweigen, werde ich nicht nachfragen. Ihr Besuch in dem Haus ist wohl im Geheimen erfolgt, ich glaube, dass sie im Ort niemand zusammen gesehen hat.

– Weißt du, sie ist Tomos große Liebe, sie haben sich kennengelernt, als sie eine junge Ärztin war und er zum ersten Mal verwundet, während seiner Reha. Jetzt ist sie zu seinem Grab gekommen. Zur Beerdigung, versteht sich, konnte sie nicht. Sie ist verheiratet.

– Sie ist gekommen, um sich von ihm zu verabschieden – sage ich.

– Jaja.

– Wie kommt es, dass sie nicht zusammengefunden haben?

– Na ja, wie, Tomo war nicht für die Ehe und diese Sachen, das siehst du ja selbst. Aber sie ist wirklich eine wunderbare Frau. Sie hat einen Sohn, ihr Mann ist Kapitän auf einer Fähre, und sie Ärztin.

Ich stelle mir Tomo vor, wie er zärtlich ist. Wie er liebt, so verwundet, wie er ist, massakriert vom Krieg, vom Kanonendonner, von der Erde, die ihm ins Gesicht spritzt. Ich sehe, wie durch den Nebelschleier, durch den ersten Blick nach der Operation eine sehr junge Frau zu ihm kommt und wie er im Halbschlaf nach ihrer Hand greift und murmelt: Meine Frau Doktor, meine Frau Doktor.

Ich stelle mir vor, wie in ihrem Körper und ihrem Geist alle Türen aufgehen, sogar eine, die bis dahin gar nicht existiert hat, wie Tomo sie der Reihe nach öffnet und wie sie gemeinsam lachen.

Ich stelle mir vor, wie sie ihre Liebe an langen Krankenhausnachmittagen und in langen Krankenhauskorridoren voller Tod verheimlichen.

Wie sie ihm hilft, sich aufzurichten, und wie er sie aufrecht verlässt.

– Wie geht's dir da oben, gibt's was Neues – fragt Stanko.

– Nichts Neues und nichts Altes – antworte ich.

Tomos Ärztin ist nicht zur Beerdigung gekommen, denn wenn man die Dinge menschlich sieht, was hätte sie dort auch tun sollen, unter all den Ortsbewohnern und Verwandten? Das Geheimnis ist zu schön, zu ihm passt das Geräusch überhaupt nicht, das die Erde macht, wenn sie zuerst dumpf aufschlägt und dann vom Sarg herunterkollert. Und aufschlägt, und herunterkollert.

* * *

Die Scheiben der Autos unten in der Kurve haben aufgehört zu blitzen, es stehen keine Kolonnen mehr an der Fähranlegestelle, die meisten Touristen haben die Insel verlassen. Schon seit Tagen ist mir auf meinem Kontrollgang niemand mehr begegnet. Nur gestern Nachmittag, als die langen Septemberschatten in das scharfe Gestein schnitten, konnte ich in der Ferne ein älteres Paar sehen, wie es am Fuß des Bergs spazieren ging und vermutlich Salbei pflückte. Und auch die Jäger sind müde geworden, sie sind zu ihren Geschäften, zu ihren Frauen zurückgekehrt. Auf dem Berg sind jetzt nur noch wir vier: Visconti, Ciba, Sankt Isidor und ich.

Der Esel liegt schon den vierzehnten Tag danieder. Ich habe ihn auf die Zeltplane gewälzt und ihn unter eine Kiefer gezogen, auf ein weiches Lager aus Nadeln, in den flimmernden Schatten, der ihm Schutz vor der Sonne gibt, aber auch ihre Wärme. Es ist kühl geworden, in der Nacht decke ich ihn noch mit einer Decke zu, Ciba schläft an seinem Rücken, ich bin von der Terrasse in das traurige Innere der Karaule umgezogen. Die Wände sind nass von der Feuchtigkeit aus der Erde, jetzt sehe ich, dass alles voller Skorpione und Spinnen ist. Als wären mir plötzlich die Augen aufgegangen, stehe ich mitten in dieser Stube und kehre in die Welt der Menschen zurück, ich begreife, wie all das, mein Aufenthalt hier, so blödsinnig, so verrückt ist, wie sehr er außerhalb aller Regeln ist, die ich gekannt habe. Noch gestern hätte ich gesagt, dass ich das nicht kann. Noch gestern wäre ich von diesem Ort geflohen wie von einer Hinrichtungsstätte. Aus diesem Zerfall, dieser Einsamkeit und Einöde. Aus dieser Wildnis, die ich vorgefunden habe und die mich ins Leben zurückgebracht hat, die bewirkt hat, dass ich es erneut spüre.

So empfinde ich auch das Ende meines Aufenthalts hier, das Ende dieses Sommers, von dem ich noch nichts Verlässliches weiß, außer dass er stattgefunden hat.

Ich habe meine Panzerschleiche nicht vergessen. Sie ist hier, in der Nähe, jeden Augenblick kann sie hervorkriechen und sich in mein niedriges Bett schlängeln, an mein Brot kommen, mich anekeln und erschrecken. Aber irgendwie wird es mir immer mehr egal. Ob sie hervorkriecht oder nicht, ihre Sache.

Meine Sache, genauer, meine letzte Aufgabe hier ist, Visconti auf seine grüne Matte dort oben, in das Fächeln des Frühlingswinds zu geleiten. Unter die Seinen.

Heute Morgen habe ich zwei Geier bemerkt, wie sie über unseren Köpfen kreisten, keine fünfzig Meter über uns. Im „Auge" waren deutlich ihre nackten Hälse und ihre kleinen gleichmütigen Augen hinter dem kräftigen Krummschnabel zu erkennen. Durch die Kieferkrone hindurch haben sie Visconti bemerkt, und jetzt warten sie, dass von unten der Tod heraufriecht. Dass er sich in seiner ganzen Reglosigkeit und Starre endlich meldet.

Ich habe eine Schaufel und eine Spitzhacke gefunden, und jetzt grabe ich ein Grab für meinen Esel. Ich habe eine schöne Stelle ausgesucht, sonnig und warm, an dem Felsen, der auf beide Meere hinabsieht, auf den ganzen Himmel, auf Tag und Nacht, auf die unteren und die oberen Wiesen, auf die Feigen- und Olivenbäume, auf die Pfade und Tümpel, auf Jerusalem, auf die Gräfin, die, sich auf ihren jungen Beinen wiegend, durch die Hecke schlüpft, über die Trockenmauer springt und ihm entgegeneilt.

Der Boden ist hart und bricht schwer, aber ich schlage auf ihn ein, dass um mich herum die Funken fliegen, die Steine wegspritzen und der Schweiß tropft.

Am dritten Tag, gegen Mittag, während der letzte Brotteig in der Karaule aufgeht, ist das Grab fertig. Ich trage Nadeln zusammen und streue sie auf den Boden der Grube. Für Augenblicke hört Visconti auf zu atmen, dann röchelt er lange, krampft sich zusammen und stirbt dahin. Doch dann kommt er wieder zur Ruhe und zittert nur reglos und still.

Diese Qual zerreißt mich.

* * *

Ich bin auf meinem Kontrollgang, zum ersten Mal seit mehreren Tagen, ich gehe meine Runde, ziehe das „Auge" aus, schaue auf die schöne Einöde in ihrer ganzen Pracht.

Jetzt, wo es auf dem Berg keine Menschen mehr gibt, wo ihn der Regen reingewaschen hat und ihn das orangefarbene Licht der Septembersonne überflutet, wo an seinem Fuß und auf seinem Gipfel alles verstummt ist, sehe ich, wie zahm und freundlich, wie ungefährlich und friedlich er in Wirklichkeit ist.

Unten bringen sie die Kühlschränke aus dem *Trip Ice* heraus, stellen die große Tür vor den Eingang, decken die Lautsprecher, Tische und Stühle mit einer Art Plane ab. Eine Hölle ersetzt die andere. Am Kloster von Don Robi flattern die Vorhänge, die Fenster stehen offen, und im Klosterhof seift eine Ordensschwester seinen grauen Jeep ein, danach spritzt sie ihn ab, dann kommt noch einmal Seife, sie spült ihn mit dicken Wasserstrahlen ab, danach wischt sie alles mit einem weichen Tuch trocken, sie bückt sich mit dem schwarzen Panzerschleichen-Staubsauger in der Hand in das teure Innerste von Don Robis Glauben.

> Wo Feuer ist, da ist auch Rauch.
> Wo Gott ist, da ist auch Blech.

Das sind Verse von Cvitan, die mir in den Sinn kommen, und irgendwie bin ich zufrieden wie ein Kind, dem sich ein zerbrochenes Spielzeug plötzlich wieder zusammenfügt.

Ich gehe ganz hinunter, bis an den Fuß des Bergs, zu Stankos Weinberg, und nasche Trauben. Mich umschwirren

Wespen und große weiße Schmetterlinge. Dabei denke ich an Julio Cortázar und an die Arbeit, die auf mich wartet.

Zur Karaule komme ich gegen Mittag zurück, mein Esel liegt unter der Kiefer, die Augen gänzlich von Fliegen bedeckt. Er hat keine Kraft mehr, sie zu verjagen. Er ist am Leben und tot zugleich. Ähnlich mir, bevor ich an diesen Ort kam.

Ich gehe ins Haus und nehme das Stück Fleisch, das noch übrig geblieben ist. Ich säble die Hälfe ab und gebe sie Ciba, den Rest zerschneide ich zu Schnitzeln, die werde ich braten. Aber das Gas erlischt nach wenigen Sekunden. Ich versuche noch ein paarmal, es zu entzünden, aber die Flasche ist leer, ich lege sie um, vielleicht ist noch etwas drin. Aber wieder nur eine Sekundenflamme, dann endgültig nichts.

Roh?

In einen großen Topf, den ich auf vier Ziegelsteine gestellt habe, schlichte ich Holzsplitter, etwas Papier, das ich aus meinem Notizheft gerissen habe, eine Handvoll Kiefernzapfen und mehrere dickere Eichenzweige.

Ja, ich werde ein Feuer machen. Ja, im Topf.

Ich stehe mitten in der Karaule, die vom Rauch erfüllt ist, ich habe beschlossen, das zur Sicherheit drinnen zu machen. Aus dem Kühlschrank nehme ich einen Gitterrost und lege das Fleisch darauf.

Grillen am Ende eines Sommers.

Das Motorola.

Stanko fragt, was los ist, zufällig hat er die Rauchsäule gesehen, die über dem Berg aufsteigt, aus meiner Karaule.
– Ach, ich habe kein Gas mehr. Ich brate mir Fleisch, keine Sorge, Chef.
– Aha, gut, gut, aber du hättest auch zu uns zum Essen kommen können, also, komm doch mal, komm, bevor du gehst, bitte.
– Mach ich.

* * *

Das Prasseln des Regens auf meine provisorische Bratpfanne, die ich auf die Terrasse gestellt habe, weckt mich, noch ist es Nacht, ich ziehe mir einen Müllsack über den Kopf und gehe Visconti besuchen. Er liegt unter der Kiefer, die Decke auf ihm ist noch trocken. Seine Augen sind geschlossen, er liegt regungslos da, und ich denke, dass er im Schlaf gestorben ist. Ich knie mich neben ihn, decke ihn auf, Ciba drängt mir ihren Kopf unter die Hand, aber dann kommt sie schnell hoch und steht nur da, wie ein Totem. Ich spüre, dass der Esel noch atmet, leise und flach, stoßweise und unruhig. Ich kann nirgends, nicht einmal an seinem festen Hals, einen Puls ertasten. Er stirbt. Er wird noch diese Nacht auf seine hohe grüne Matte gehen, zu seiner schlankfüßigen Gräfin, unter die Schmetterlinge und Zikaden, in einen endlosen schönen Nachmittag, in die weiche Sonne, ins weiche Gras und in ein ewig währendes schmerzloses Iahen.

Zuvor muss er den Kampf mit seinem müden, verbrauchten Körper verlieren. Das sind diese Stunden, auch ich bin hier, in ihnen.

Ich sprinte zur Karaule, um eine Decke für mich zu holen, der Regen ist scharf, er kommt mit der ersten Bora dieses Sommers, es ist kalt, und zum ersten Mal machen sich die siebenhundert Meter über dem Meer, die Höhe dieser Karaule, deutlich bemerkbar. Visconti liegt an der Grenze zwischen Leben und Tod, zwischen Sommer und Herbst in Javorna.

Ich breite die Decke neben seinem Rücken aus und lege mich zu ihm, Ciba rollt sich neben meinem und dem Kopf des Esels ein. Der Regen hat die Baumkrone durchstoßen, jetzt prasselt er dumpf auf die Decken und mein Gesicht, auf Viscontis Kopf und Mähne, auf die regungslose Göttin der Jagd, auf das erste Licht, das sich irgendwo durch das Pfeifen des Winds und das Rauschen der Baumwipfel kämpft, zuerst als Widerschein der Meeresfläche und dann als deutliches Zeichen am Himmel, die Asche des Morgens.

Im nächsten Moment setzt dieses schreckliche, herzzerreißende Zusammenkrampfen des Tiers ein, das keine Luft kriegt und dessen Körper keine Kraft mehr hat zu kämpfen.

Visconti bäumt sich auf, röchelt und versucht mit den Vorderfüßen diesen einen Schritt durch die Luft zu machen, ins Leben zurückzukehren, zu atmen. Nach wenigen

Sekunden kommt er völlig zur Ruhe, der verkrampfte Körper wird schlaff und weich, er atmet wieder, aber noch langsamer und schwächer als zuvor.

Ein Anfall löst den nächsten ab.

Wir liegen völlig nass nebeneinander, der Regen trommelt auf uns ein, die Decken sind schwer und kalt, es tagt, und über Cibas Kopf hinweg sehe ich, wie die Bora unten auf dem Meer ein Segelboot hin und her wirft, das zerrissene Segel flattert wie die Fahne einer Kapitulation. Aber ich weiß, sie werden sich retten, der Hafen ist nah, nur noch kurze Zeit und die Angst ist vergangen.

Nur noch kurze Zeit, Visconti.

Endlich hat der Regen aufgehört. Ich stehe auf und nehme uns die Decken ab, gehe in die Karaule, ein trockenes Handtuch holen, mit dem ich den Esel abreiben, und etwas, mit dem ich ihn wieder zudecken kann. Er bewegt sich nicht, die Hündin liegt niedergeschlagen und still da. Es ist zwei Uhr Nachmittag vorbei, die ganze Zeit über, seit dem nächtlichen Besuch, dem Morgengrauen, dem Morgen, dem Mittag, hat Visconti alle paar Minuten einen Anfall, er stirbt.

Ich kann dieses Leiden nicht mehr ertragen. Bei den letzten Anfällen verdrehten sich seine Augen, blitzten in der nicht enden wollenden Qual die großen vergilbten Lederhäute auf.

Ich habe die letzte trockene Decke, die ich finden konnte, mit unter die Kiefer genommen, ein Handtuch, mit dem ich ihn jetzt abreibe, Wasser in einer Schüssel. Und die Pistole.

Sein Hals ist glatt und ganz fein, ich reibe ihn vorsichtig trocken, ich suche nach einem Mantra, nach etwas, das ich aufsagen werde. Mir macht das Dauern dieser Hoffnungslosigkeit Angst, die Brutalität dieses Übergangs. Der lange Abschied von Visconti sucht seinen Satz. Eine Arznei in Worten.

Auch deshalb rezitiere ich Severs abgewandeltes *Borealni konj*, während ich dem Esel das Handtuch auf die Stirn lege und seine langen Wimpern abwische:

> Wenn meine Gedanken
> Über den Esel ermatten
> Zeigt sich dieser Esel
> Aufgebäumt am Firmament
> Wenn seine Züge
> Ins weite Feld
> In den Sand sinken
>
> Wenn seine Mähne
> Im Luftflimmern
> Über dem Meer schwebt
> Das geschliffen schäumt
> Wie böhmisches Glas
> Auf festem Eichentisch

Im Luftflimmern über dem wie geschliffen schäumenden Meer, auf dem Gipfel eines Bergs, in der Stille eines Vorabends, im Auseinanderklaffen von Leben und Tod, im nicht enden wollenden Leiden entschließe ich mich, diese Verse murmelnd, Visconti zuzudecken und mich neben seinen Kopf zu setzen, den schwarzen Lauf der *Beretta* unter eines seiner Ohren zu halten und auf einen neuen Anfall zu warten.

Wenn die Qual beginnt, wenn das Hin-und-her-Werfen beginnt, das Zerreißen, das Zögern des Todes, werde ich schießen.

Ich gehe zum Grab, werfe noch mehr nasse Kiefernnadeln hinein und beginne die schwere Zeltplane über den schmalen Pfad zu ziehen, auf dem die Beine des Esels immer wieder an den Ästen hängen bleiben.

* * *

– Du musst nicht extra sauber machen oder abschließen – sagt Stanko.

– Wieso nicht? – frage ich, das schwarze Motorola mit dem *Hajduk-lebt-ewig*-Aufkleber ein letztes Mal ans Ohr haltend.

– Sie wird abgerissen.

– Wer macht denn so was?

– Ist doch egal, komm runter, dass du zum Essen da bist, ich erzähl' es dir dann.

Ein letzter Blick auf die Karaule. Einfach und schnell habe ich sie heute Morgen von meiner Anwesenheit befreit, sie ist wieder das verlassene, tote Haus von früher. Viscontis Grab habe ich mit Steinen und Erde, Zweigen und Reisig bedeckt, es ist völlig unauffindbar, sowohl für Menschen als auch für Tiere. Ich habe gebadet, aufgepackt, ich bin bereit. Ich suche unter den Kiefern und mit einem Blick über den Berg den Menschen, der vor mehr als drei Monaten hierheraufgekommen ist. Aber den gibt es nicht mehr, von dem ist nur ganz wenig geblieben, nur Nebensächlichkeiten. Die Art, wie er sich wäscht oder wie er eine Bierdose öffnet. Kleinigkeiten, alles andere hat der Regen davongetragen oder die Sonne auf diesem Berg versengt, hat Visconti mit ins Grab genommen, Ciba im Wald verteilt. Der letzte Blick auf die Karaule, auf mein Kafiristan, das für immer verschwinden wird.

Ich komme auf den Pfad hinaus, Ciba läuft vor mir her, und dann beginne auch ich zu laufen, zuerst langsam, dann immer schneller, dass ich mir am Ende fast die Beine breche. Der Rucksack auf meinem Rücken hüpft und schlägt mir in den Nacken, das Beil im Gürtel schwingt und tanzt, ich laufe, so schnell ich kann, ich kämpfe mich durch Gebüsch und Zweige, schiebe sie mit der Hand weg. Ich renne über Hänge und Flachstücke, und bald höre ich nur mein Atmen, das Stampfen meiner Schritte, die Steine, die ich lostrete. Ich laufe, ohne mich umzusehen, ich will keinen Augenblick stehen bleiben und diesen Weggang empfinden. Beim Laufen achte ich auf meine Beine, damit ich sie mir nicht breche, das ist alles.

Ich renne an Tomos Haus vorüber, sehr schnell, außer Atem und schweißnass komme ich zur Garage der Freiwilligen Feuerwehr, ich bleibe stehen, um meinen Durst zu löschen und Atem zu holen.

Es ist neun Uhr morgens, die weiche Septembersonne bricht durch die Äste der Olivenbäume, im Weinberg lesen die Menschen die Trauben, ich höre Stimmen, den Motor eines Traktors.

Ich trete hinter eine Mauer und mache mich frisch, wasche mich ein wenig, ordne meine Kleidung und mache mich auf in den Ort. Dort werde ich Stanko aufsuchen, ich muss die Ausrüstung zurückgeben und mich von ihm verabschieden, ich hoffe, dass ich auch Dino sehen werde, und vor allem Zoe.

Zögernd und ein wenig verlegen trete ich auf die Riva hinaus. Hier ist niemand, nur der Konditor steht in der Tür, aber ich kann nicht mit Bestimmtheit sagen, ob er lebendig ist oder ob mir nur der unerträglich glatt gebügelte Strich auf seiner schwarzen Hose so vorkommt. Im Laden kaufe ich ein halbes Kilo Brot und zwanzig Deka Mortadella, zwei Dosen Bier und zwei kleine Tomaten, ich setze mich unter eine Palme, schneide das Brot auf und lege die Mortadella hinein, mache mir ein Bier auf. Auf dem Knie viertle ich die Tomaten, beiße in das Brot. Trauer fährt mir in die Kehle, ich reiße mich zusammen, stehe auf, gehe an den Rand der Riva und werfe alles den Fischen vor. Auf einmal sind sie da und beginnen am Brot zu zerren, Stücke der Mortadella abzubeißen, das Wasser wird fettig. Plötzlich beginnt einer sich in den anderen zu bohren, um die Brocken zu kämpfen, das Wasser schäumt schon fast. Nach wenigen Augenblicken ist alles vorüber. Ich sehe diese Szene erschrocken und unangenehm berührt.

Ich kehre nach Zagreb zurück, unter solche Fischmenschen.

– Einen Cappuccino.

Ich setze mich auf die Terrasse, der Schaum kommt, ihn hat die Kellnerin mit etwas Kakao bestreut, auf der Untertasse ein Keks, daneben brauner und weißer Zucker, ein Glas Wasser mit zwei Eiswürfeln und ein Strohhalm. Um Gottes willen, ein Strohhalm!

Stanko kommt, er setzt sich und sagt zufrieden:

– Es ist gut, wir haben Zeit, die Fähre geht um halb fünf.

– Trinkst du was, Chef?

– Okay, Kräuterschnaps, von hier, der ist gut, wirst sehen.

Wir trinken vier Schnäpse und betreten dann, nachdem wir langsam die ganze Riva hinuntergeschlendert sind, die Räume der Freiwilligen Feuerwehr Javorna, damit ich alles zurückgeben kann, mein Fernrohr, das Motorola, das Beil und das Solarpaneel, das wie durch ein Wunder meinen Lauf den steilen Bergpfad herab überlebt hat.

Dieses Haus, der Raum, in den ich vor drei Monaten hineinmarschiert bin, ist plötzlich und unversehens geschrumpft. Die Welt hat zu ihren wahren Maßen zurückgefunden, meine Augen haben sich verkleinert.

Ciba geht die ganze Zeit neben mir, ihr Rücken berührt mein Bein.

– Die Hündin kommt mit mir, geht das, Chef?

– Natürlich, gehen wir jetzt zu mir, du isst zu Mittag, ruhst dich etwas aus, und dann bringen wir dich zum Schiff.

Stanko und ich setzen uns in den Schatten, an den großen Holztisch, seine Tochter bringt einen Teller aufgeschnittene Wurst und Oliven und fragt ihren Vater, was wir trinken wollen.

– Mein Gott, was nehmen wir, Bevanda, oder? Was war mit dem Esel?

– Eingegangen.

– Ja, er war schon alt, am Schluss wussten wir nicht mal mehr, wem er gehört, so ist er zu uns gekommen, ich meine, zur Feuerwehr. Was hast du mit ihm gemacht, begraben?

– Ja

– Das hättest du dir nicht antun müssen, die Geier räumen alles weg.

– Es war keine Mühe für mich, ich hab ein bisschen Bestatter gespielt.

Stanko lächelt, ich frage ihn nach Zoe, hier wird er plötzlich ernst, leise sagt er, dass der Junge und seine Mutter kurz nach der Beerdigung zu ihrer Schwester nach Slawonien gefahren sind, aber morgen kommen sie zurück, die Schule hat schon begonnen.

– Was passiert mit ihm?

– Was meinst du?

– Ich meine, wegen dem, was er getan hat, er hat doch geschossen.

– Ach, nichts, Notwehr, das kriegen wir schon hin. Damit muss man jetzt leben. Aber eine Tragödie ist es allemal. Und schuld an allem ist dieser Idiot Jere.

Stanko flucht wütend und ächzt. Ich nehme die Pistole aus der Hosentasche und lege sie auf den Tisch, ich will sie zurückgeben. Stanko sieht mich ungläubig an:

– Tomo?

– Ja, er hat sie mir zwischen die Würste gesteckt, am Schluss hab ich sie gut gebrauchen können.

– Dann nimm sie doch, sie ist ein Geschenk.

– Kann ich nicht, dann schieße ich in Zagreb herum und sie sperren mich ein.

Stanko lächelt, nimmt die *Beretta* und das Magazin mit den Patronen und bringt sie in den Keller. Ich höre, wie er drinnen schwere Schubladen aufzieht und ein Möbelstück verschiebt. Grinsend kommt er heraus, fröhlich, wie mir scheint, ich sitze noch immer am Tisch, aber ruhiger, anders, wie jemand, der einen Teil seines Leben an einem Ort zurückgelassen hat, dem er auch selber angehört. Die schwarze Pistole, die ich auf dem Berg bei mir getragen habe, wird hierbleiben, obwohl ich auch daran gedacht habe, sie, so wie Ciba, nach Zagreb mitzunehmen.

Aber von diesem Ort will ich nicht den Tod, sondern das Leben mitnehmen.

– Machen wir Feuer, ja?

Wir gehen zu dem großen gemauerten Kamin, mein Gastgeber hat vor, ein halbes Lamm zu braten, ich biete mich an, Holz zu hacken, um behilflich zu sein.

– Setz dich hin, du musst nichts tun, du hast uns die ganze Zeit da oben genug beschützt.

– Wer hier wen beschützt hat und wovor, wird ein Mysterium bleiben!

Bald knistert das Feuer, und schon duftet der Lammbraten, wir setzen uns an den langen Tisch, essen, trinken einander zu, plaudern, scherzen, gewöhnliche Fremde, die sich nie wiedersehen werden.

Am Schluss bitte ich Stanko, mich nicht zur Fähre zu begleiten. Er willigt ein, steckt mir eine Flasche Öl und eine Flasche Schnaps in den Rucksack und fragt mich, ob ich Geld brauche. Er sagt, dass ich, falls ich nächsten Sommer kommen möchte, als Tourist, bei ihnen wohnen könne, so lange ich möchte, natürlich umsonst.

– Du wirst uns immer ein lieber Gast sein – sagt seine Frau und küsst mich.

Die zweihundert Meter von Stankos Haus zur Anlegestelle gehe ich langsam, in der Stille eines Endes. Ich weiß, dass ich diese Menschen und diese Insel nie wiedersehen werde. Das wird für mich einfach nicht möglich sein. Vor allem deshalb, weil diese drei Monate, die ich umherstreifend auf dem Berg verbracht habe, die wichtigsten, traurigsten und glücklichsten drei Monate meines Lebens waren. Deshalb, weil ich spüre, dass es möglich ist, das Leben erfüllt zu leben, die verkrustete Maske der Scheinheiligkeit und des Hasses, der Verachtung und der Langeweile abzuwerfen. Sie herunterzureißen, in den schlammigen Tümpel zu schleudern, unter die schwarze Schlangenbrut.

Bei so etwas kann es keine Reprise geben.

Ich sitze an Deck, mein Blick wandert über den Berg, ich suche meine Wege, die Angst, den Tod, das Glück. Ich suche auch die Verachtung und den Ekel, den äußeren Rand meiner Runde, meine Kontrollpunkte, die Schatten, die Tümpel, die Tiere. Ich suche den Mann, der umherwandert und Brot und Wasser austrägt. Der neben dem sterbenden Esel liegt und der mich durch sein Zugfernrohr beobachtet. Ich suche den von Ciba verletzten Frischling, meine blöde Panzerschleiche, Sankt Isidor und meine in die Erde eingegrabene Behausung unter den Bäumen.

Aber nichts.

Nur ein schöner grüner Berg, der sich über dem Ort erhebt und am Nachmittag die Sonne verdeckt. Eine Tatsache im Raum, ein abgehobenes Stück kompaktes Land, mit Vegetation bewachsen.

Ciba liegt über meine Füße gestreckt, ganz ruhig, für einen Moment bin ich erschrocken über so viel Liebe.

Die Fähre legt ab, zuerst ganz langsam, und dann, beim Auslaufen aus der Bucht, immer schneller. Uns entgegen, genau so wie Stanko gesagt hat, kommt eine andere, auf ihr sind keine Menschen zu sehen, nur Maschinen. Grab- und Schaufelbagger, schwere Lastwagen. Auf dem Weg zum Berg.

Zuerst werden sie die Karaule abreißen und an ihrer Stelle einen Funkmast aufstellen. Dann werden sie eine breite Straße direkt bis zu Sankt Isidor bahnen.

Dann werden sie zum Fuß des Bergs hinabsteigen und die Olivenbäume hinter Tomos Haus ausreißen, Felder und Steinhalden, Felsen und Schlangen einebnen und alles in die Fundamente eines Hotels, eines Priesterheims, eines Golfplatzes schieben.

Und dann beginnt die Zukunft.

Ciba und ich sitzen auf gelben Plastikstühlen, auf dem höchsten Deck dieser Fähre, mit der wir uns letztlich vor dieser Zukunft in Sicherheit bringen.

Wir essen von den Würsten, trinken Bier.

Ich sehe Julio Cortázar vor mir, einen dunkelhäutigen italienischen Touristen, dessen Frau sich *believe* auf den

Unterarm tätowiert hat. Er hat einen Skorpion auf der Schulter, über dem ein dünner sandfarbener Leinenschal flattert. Aber nein, nein.

Ich schließe die Augen und spüre, wie die Fähre endlich auf die hohe See hinauskommt und träge im septemberlichen Jugo schwankt. Hinter meinem Rücken ist Javorna zu einem weißen Streifen zusammengeschrumpft, jetzt sieht es aus wie ein mit Lachsrogen bestreutes Brötchen.

Langsam geht die Sonne über uns allen unter.

In der Hosentasche ertaste ich den Schlüssel zu meiner Wohnung in der Draškovićeva, ich drücke ihn fest. Ciba bohrt ihre Schnauze in meine Hand, ich sinke weiter mit geschlossenen Augen in die Tiefe, in das salzige Wiegen dieser Reise zwischen den Welten.

Und dann ruft jemand laut meinen Namen.

Anmerkungen

S. 4 *Stjepan Gulin:* kroatischer Lyriker und Literaturkritiker (1943–2014).
S. 5 *Hajduk-Poster:* Hajduk Split, traditionsreicher kroatischer Fußballverein.
S. 9 *Velebit:* Gebirgszug an der Adriaküste, auf dem während des Jugoslawienkriegs die Front verlief.
S. 10 *freza:* aus dt. „Fräse", auf den dalmatinischen Inseln: einachsige Zugmaschine mit Anhänger.
S. 37 *Cvjetni trg:* zentraler Platz in Zagreb.
S. 38 *wartend (...) auf Medusa, auf Rausch minus Horror, auf den irren Bomber, der uns alle weckt:* Jörg Fauser, *604 Riverside Drive,* New York City, 1976.
S. 44 *was auf den Kornaten passiert war:* Am 30. August 2007 kam es auf Veliki Kornat zu einer Brandkatastrophe, bei der zwölf Feuerwehrleute teils an Ort und Stelle, teils in den Krankenhäusern ihr Leben verloren.
S. 48 *Barba:* in Istrien und Dalmatien respektvolle Anrede für ältere Männer.
S. 54 *Đardin:* aus ital. *giardino,* Parkanlage in Split.
S. 54 *unter Rezitieren von Tins Versen:* Tin (Augustin) Ujević (1891–1955), kroatischer Dichter und Bohemien.
S. 55 *Zeleni val:* „grüne Welle", für den Fließverkehr geschaltete Transversale in Zagreb.
S. 67 *Mirogoj:* Hauptfriedhof von Zagreb.
S. 82 *wie Delerm so schön sagt:* Philippe Delerm, *La Première gorgée de bière et autres plaisirs minuscules* (dt. in: *Ein*

Croissant am Morgen. Das kleine große Buch der Lebenskunst, München 2000).

S. 83 *Peka:* in Dalmatien gern verwendete Backglocke aus Keramik, Gusseisen oder Ton.

S. 83 *Bevanda:* Wein gemischt mit Wasser.

S. 85 *„Argentinka":* Sturmgewehr FARA 83.

S. 122 *švabi:* aus dt. „Schwaben", die Deutschen, mit allen negativen und positiven Konnotationen.

S. 143 *Verse von Cvitan:* Dalibor Cvitan (1934–1993), kroatischer Prosaist, Lyriker und Dramatiker.

S. 148 *Borealni konj:* „Das boräische Pferd", Gedicht von Josip Sever (1938–1989).

S. 150 *Kafiristan:* Bergland im Grenzgebiet zwischen Pakistan und Afghanistan; hier eine Anspielung auf die Erzählung *Der Mann, der König sein wollte* von Rudyard Kipling.

Mit Unterstützung durch das Programm Kreatives Europa der
Europäischen Union. Die vorliegende Veröffentlichung gibt
die Ansichten des Autors wieder. Die Kommission haftet nicht für
die darin vertretenen Inhalte.

Die Drucklegung erfolgte mit freundlicher Unterstützung durch die
Abteilung für deutsche Kultur in der Südtiroler Landesregierung.

Mit freundlicher Unterstützung des Ministeriums für Kultur der
Republik Kroatien.

TransferBibliothek CLVII

Die Originalausgabe ist 2014 unter dem Titel *Brdo* bei V.B.Z. d.o.o., Zagreb, erschienen. Die der Übersetzung zugrunde liegende, aktuelle kroatische Ausgabe ist der 15. Band der Reihe NA MARGINI / ON THE MARGINS im Verlag V.B.Z.
© by V.B.Z. d.o.o., Zagreb

Umschlagbild: Dall'O & Freunde unter Verwendung eines Fotos von AdobeStock

© der deutschsprachigen Ausgabe
FOLIO Verlag Bozen 2021
Alle Rechte vorbehalten

Lektorat: Joe Rabl
Grafische Gestaltung: Dall'O & Freunde
Druckvorbereitung: Typoplus, Frangart
Printed in Europe

ISBN 978-3-85256-829-4

www.folioverlag.com

E-Book ISBN 978-3-99037-121-3

Eine berührende Familiensaga über den Verlust von Heimat und Neubeginn.

Über ein halbes Jahrhundert ist vergangen, seit Jadrans Großvater nach Istrien kam und dort eine Familie gründete. Nun ist er tot. Mit dem Besuch im Haus des Großvaters beginnt die Suche des jungen Mannes nach der eigenen Identität und führt ihn unweigerlich in die Wirren auf dem Balkan.

„Zu rühmen ist die erzählerische Kraft des Autors."
Karl-Markus Gauß, Die Presse

„Vojnović leistet Aufklärungsarbeit, stellvertretend für sein ganzes Land." Sigrid Löffler, SWR 2

„Ein balkanisches Jahrhundertdrama." Der Tagesspiegel

„Ein Sittenbild der postjugoslawischen Gesellschaften."
Jörg Plath, NZZ

WIEN · BOZEN

Aus dem Slowenischen von
Klaus Detlef Olof

ISBN 978-3-85256-749
E-Book ISBN 978-3-99037-087-2

WWW.FOLIOVERLAG.COM

Ein radikales Debüt, das unsere Sehnsüchte, Begehrlichkeiten, Freuden und Ängste spiegelt.

Ana Schnabl hält in ihren raffinierten Erzählungen auf ganz ungewöhnliche Weise menschliche Beziehungen fest. Da ist die verstörende Unruhe einer Frau in der Warteschlange einer Apotheke, oder die junge Mutter, die keine Liebe für ihr Neugeborenes empfindet, oder das Mädchen, das jede Regung ihrer strahlenden Zwillingsschwester studiert wie die eines seltenen Insekts. Die Geschichten berühren mit unerwarteter Heftigkeit.

„Eine gerissene Inszenierung der Intimität." Jörg Plath, Deutschlandfunk Kultur

„Sprachlich brillant seziert sie Schicht um Schicht ihrer Charaktere, bis deren Ängste und Abgründe sichtbar werden." taz – Die Tageszeitung

Aus dem Slowenischen von Klaus Detlef Olof

ISBN 978-3-85256-804-1
E-Book: ISBN 978-3-99037-102-2

WWW.FOLIOVERLAG.COM

Damir Karakaš erzählt die archaische Welt eines Bauernjungen.

Es ist eine raue bäuerliche Welt, der ein Junge mit kindlichen Spielen und kleinen Fluchten trotzt. Von Geburt an schwer herzkrank, ist er nicht der Stammhalter, den sein Vater sich wünscht, und nicht die Arbeitskraft, die auf dem Hof, auf dem der Mangel regiert, benötigt wird.

„**Für Leser von Seethalers *Ein ganzes Leben*!**" Uscha Kloke, Botnanger Buchladen, Stuttgart

„**Fast jede Episode ist ein Juwel.**" Norbert Mappes-Niediek, Frankfurter Rundschau

„**Ein notwendiges Buch.**" Judith Leister, Saarländischer Rundfunk

WIEN · BOZEN

Aus dem Kroatischen von Klaus Detlef Olof

ISBN 978-3-85256-787-7
E-Book ISBN 978-3-99037-098-8

WWW.FOLIOVERLAG.COM